うちの義父様は世界を破滅させた冷酷な魔法使いですが、恋愛のガードが固いです！

藍杜　雫

Illustration
天路ゆうつづ

gabriella books

うちの義父様は世界を破滅させた冷酷な魔法使いですが、恋愛のガードが固いです！

contents

プロローグ　ヴァッサーレンブルグの白い悪魔と生け贄《いけにえ》の娘

両親が亡くなったのは冬だった。

もともと病がちだった父を看病するうちに母も倒れて、そのまま戻らない人になった。

クロエが生まれ育ったギーフホルン伯爵家の領地はまだ雪が降る季節で、寒さを感じているのが自分の体なのか、それとも心が冷え切っているからなのか、幼いクロエにはよくわからなかった。

そのくらい悲しくて、茫然《ぼうぜん》としていた。

凍った土は春にならないと掘り返せないから、郊外の教会に安置する――そう言われたときも、叔父に言われるがまま。

伯爵家が叔父に乗っとられていたことに気がついたのは、自分の部屋を追いだされたときだ。

「あんたなんて屋根裏でずっと泣いていればいいのよ」

従姉妹《いとこ》のメルセデスは高飛車にそう言って、クロエの部屋を奪ってしまった。

父からもらった本もずっと一緒だったテディベアのベスも部屋に残されたまま、メルセデスのものになってしまったのだろう。着の身着のまま、屋根裏に追いやられた。

長い黒髪を梳《と》かす櫛《くし》さえない。

まだ両親の死で茫然自失としているなか、外に追いだされないだけましだったのかもしれない。

しかし、冬の屋根裏はひどく寒かった。

毎日、凍えるような寒さが続き、薄い布団にくるまるだけではよく眠れないのに、朝になれば、水《み》汲《く》みや屋敷の掃除に追いたてられる。

「床が全然綺麗《きれい》になってないじゃない！　ちゃんと水拭《ぶ》きしたの⁉」

メルセデスに追従する使用人から濡《ぬ》れた雑巾を投げつけられて、垢《あか》ぎれした手で雑巾を絞るのは日常茶飯事だった。

――お父さまとお母さまに会いたい……。

叔父に何度も頭を下げて、お墓の場所を教えてもらったのは雪解けになってからだった。

やっとお墓参りに行けると思ってよろこんだのはつかの間、両親は共同墓地に埋葬されていた。

叔父に案内された墓の墓標に父の名前を見つけて、茫然とくずおれる。

「こんな墓地の外れにどうして？　お祖《じ》父《い》さまのお墓はもっと大きな教会だったはずです……叔父さま！」

伯爵家の領地は国境に近い辺境ではあったが、れっきとした伯爵位を持つギーフホルン一族の墓だ。

立派な霊廟《れいびょう》が教会の墓地の一角を占めていた。

当然のように、父の棺はそこに納められると思っていたのに、領地外れの、一族とは関係がない共同墓地に入れられるなんて。

大粒の涙がクロエの緑の瞳から零れおちた。

「よその国の女なんかと結婚したんだ。一族の墓になんか入れられるか。墓を作ってやっただけでも感謝してほしいくらいだ」

汚らわしいとばかりに歪《ゆが》めた叔父の顔を、クロエは一生忘れないだろう。

叔父が母のことを嫌っているのは知っていた。

でも、クロエにとっては歌がうまくて愛情深い、大好きな母だ。

墓標に名前を刻んでやれないほど、自分が無力なことが悔しくて悲しくて、また涙が零《こぼ》れる。

「お父さま、お母さま……ごめんなさい……」

八才の子どもに、祈る以外のなにができたというのだろう。叔父に逆らったところで、ひとりぼっちで生きていけるほど外の世界は甘くない。そもそも、クロエは世間を知らない。

「掃除が嫌だったら屋敷から出ていっていいのよ？　いつでも」

そんな意地悪を言われても、惨めな子どもには、残酷な選択肢しか残ってなかった。

以前はやさしくしてくれていた使用人も、いまはみんな従姉妹の味方だ。

クロエはすべてを受け入れて屋根裏暮らしを続け、叔父親子の嫌がらせに耐えるしかなかった。

しかし、そうやっておとなしく耐えていれば、それもメルセデスの癪《しゃく》に障ったらしい。彼女はさらなる嫌がらせを考えた。

「お父さま、異国の血を引いた子なんて、娼館《しょうかん》にでも売ってしまったらどう？」

ある日、クロエの前でそんなことを言い出したのだ。

叔父は叔父で、メルセデスの考えをいいと思ったのが、顔つきからわかった。

ぞくり、とクロエの背筋が震えた。

叔父と従姉妹が暗い笑みを浮かべたとき、クロエはいつもひどい目に遭うのだ。しかし、叔父はちょっと考えたあとで、

「ああ、いや……娼館よりもあれがいい。魔法使いの城にやろう」

いいことを思いついたと考えたのだろう。にやりと笑った叔父の顔はまるで悪魔のようだった。

メルセデスの顔に恐怖と歓喜の色が同時に浮かぶ。

「お父さま、それは素晴らしい考えだわ！」

叔父は愛娘《まなむすめ》のその一言で、クロエの行く先を勝手に決めてしまったのだった。


——言うことをきかない子は魔法使いの城にやるぞ。


それは、伯爵領では、我が儘《わがまま》を言う子どもに言い聞かせる定番の脅し文句だった。

ギーフホルン伯爵領の隣には、怖《おそ》ろしい魔法使いが住んでいて、その城にやられた子どもは釜で煮られて食べられてしまうなどと言われていたのだ。

ヴァッサーレンブルグの白い悪魔——魔法使いはときにはそんな異名で呼ばれていた。

子どもたちは魔法使いの頭にはねじれた角が生え、人肌を食い破るほどの鋭い牙を持つ悪魔のような外見をしていると信じて、いつも怯《おび》えている。

魔法使いの城にやらされるというのは、子どもにとって、どんな体罰よりも恐ろしいことだった。

それでも、行きたくないと泣き叫べば、許してくれたのかもしれない。

一方で、従姉妹の高慢な態度からは、「泣いて媚《こ》びへつらいなさい。そうしたら、より楽しくあんたを追いだせるわ」と言わんばかりの気配が漂っていた。

それなら彼女を喜ばせたくないという意地が、かろうじてクロエを恐怖の縁《ふち》にとどまらせていた。

けれども、馬車に揺られて黒い森を通りぬけ、崖の上に聳《そび》えたつ城を見つけると、荒ぶる神々を引き連れた百鬼夜行や、ジェヴォーダンの人食い狼《おおかみ》といった伝説が、クロエのなかによみがえった。

城の尖塔《せんとう》は鋭く、いますぐクロエを刺し殺してしまいそうだ。

馬車から降ろされて、城の下に立つと、よりその高さと怖さが襲ってくる。

あまりの威圧感に足がぶるぶると震えてしまい、胸に下げていた十字架を両手で強く握りしめた。

サファイアのついた銀の十字架は、病に伏した母からもらったもので、いまではクロエの唯一の持ち物だった。

ずっと身につけていたおかげで、メルセデスに奪われなかったのだ。

「ちょっと、クロエ……その十字架はなに？　あんたには分不相応ないい品じゃないの。よこしなさいよ」

メルセデスは目ざとくクロエの十字架に気づいたかと思うと、無理やり奪おうとした。

「これはお母さまの形見だからダメです！」

クロエは精一杯の勇気をかき集めて、メルセデスに逆らった。

本音を言えば、本だってテディベアだって、クロエがあげたくてあげたわけじゃない。でもいま、唯一の持ち物である十字架は絶対に奪われたくなかった。

すると、あとから馬車を降りてきた叔父が争っている声に気づいたのだろう。クロエとメルセデスに近づいてきた叔父は、尊大な声で命令する。

「クロエ、なにをしている。メルセデスが欲しいと言っているのだから、素直にわたしなさい」

周りにいる従者も御者までも、クロエごときが逆らうなんてという非難の視線を向けていた。

屋敷にいるときからずっと、クロエの味方なんて誰もいなかったのだ。

冷たい視線に心が砕けそうになる。握りしめていても十字架が自然と、メルセデスのほうへ引きよせられていく錯覚に陥《おちい》るくらい。

——い、いや。これはわたしのものだもの。メルセデスにはあげたくない。

そう思っても、震える手に力が入らなかった。

楽しそうな笑みを浮かべたメルセデスの手がクロエの手から十字架を奪い、首から乱暴に外すのを見ていることしかできなかった——そのときだ。

「私の城の門前で騒いでいるのは誰だ」

冷ややかな声が響き、メルセデスの手から、ピン、という硬質な音とともに十字架が弾《はじ》かれた。

なぜ、どうやって十字架が飛んでいったのかはわからない。ともかく、メルセデスの手から離れ、地面に落ちたのを、見知らぬ青年が拾っていた。

丁寧な手つきでクロエの手に返してくれる。

金髪を綺麗になでつけ、黒いフロックコートを着た姿は、高貴な主に仕える従者のようだった。

雪交じりの灰色の世界のなかでは、漆黒の服と金の髪は美しく、よく映えている。

その品のいい仕種《しぐさ》に半ば見蕩れて、半ば茫然としていると、メルセデスとクロエの間を遮るように、さきほどの青年とは違う、背の高い姿が立ち塞がった。

濃紺のローブの裾をばさりと翻して、低い声が冷厳と響く。

「ここがヴァッサーレンブルグの魔法使いの城だと知っていて、盗みを働いているのだろうな？」

背の高い姿に前に立たれると、叔父と従姉妹の姿が見えなくなる。

威圧する城の姿も見えなくなる。

詰問する声は怖かったのに、十字架をとりかえしてくれたという事実が眩《まぶ》しくて、恐怖を忘れてしまっていた。

そこには貴族的な顔立ちをした青年が立っていた。

後ろをリボンで束ねた白金色の髪は、縁飾りのついた濃紺のローブによく映えて、月の光のように美しい。

すっと整った高い鼻梁《びりょう》に、青ざめているると思うくらい透きとおった肌。

見上げた横顔は作りものめいているほど、整っている。

——すごく、きれいなひと……。

傲慢に人を見下すような表情だったが、クロエに対して向けられていなかったせいだろう。不思議と怖くはなかった。

「ひっ、白い悪魔……災厄の魔法使いだ……ッ！」

「ば、バカもの。公爵殿下と言え！　公爵殿下と……その、その娘は古い盟約に従ってギーフホルン伯爵領から差しだす使用人です。どうぞお納めください……焼くなり煮るなり、お好きにどうぞ」

叔父は早口に用件を伝えると、いち早く逃げだそうとした御者を追いかけて、馬車へと逃げこんだ。

自分の愛娘を置きざりにするほど、魔法使いが怖かったらしい。

メルセデスの手首を掴《つか》んだ魔法使いは、クロエに向かって、じろりと氷のような目を向けた。

「この娘はどうする？　ここでは盗人《ぬすびと》は手首を切ることになっている」

それは古くからよくある盗人への刑罰だった。手には手を歯には歯をという相応の罰より重く、メルセデスが「ひぃっ」と引きつった声を上げる。

血も涙もない冷酷な魔法使いという噂《うわさ》は本当のようだ。

腕を掴まれたメルセデスの顔は蒼白《そうはく》になっていた。

メルセデスに恨みがないと言えば嘘《うそ》になる。

でも、それ以上に、目の前で他人の手首が切られるのが怖かった。年が近いメルセデスの手が切られるのは、自分の手まで痛くなる気がする。クロエはぶんぶんと勢いよく首を振った。

「あの……十字架を返してもらえれば……それでいいです。罰は……いりません」

形見の十字架をぎゅっと握りしめたクロエは、か細いながらもきっぱりとした声で告げた。

魔法使いはクロエの言葉を受け入れてくれたのだろう、表情ひとつ変えずに手を放した。どさり、と土の上に落ちたメルセデスは、がくがくと震えながら叔父のいる馬車へと逃げていく。

当然と言えば当然なのだが、クロエを置きざりにして、伯爵家の馬車は城門から逃げるようにして出発してしまった。街へと向かう狭い山道をいきおいよく下っていく。

「おまえも家に帰るがいい」

その人は長いローブの裾を翻《ひるがえ》して立ちさろうとした。はしっと裾にしがみついてしまったのは、自分でもとっさのことだった。

魔法使いが肩越しに振り向く。

「ま、待ってください。家はなくて……帰る場所はないんです。掃除でも水汲みでもなんでもします。どうか城の片隅においていただけませんか？」

叔父に連れてこられたからには、もう伯爵家の屋敷には戻れない。かといって、ほかに行く当てはない。

雪解けになったとは言え、このあたりは寒い。外で寝起きして、子どもがひとりで生きのびるのは難しいだろう。

必死だった。さっきメルセデスの腕を掴んでいたときは冷酷な魔法使いだと思ったのに、なぜ子どもの訴えを聞いてくれると思ったのだろう。

クロエ自身、自分の行動の意味をわかっていなかった。

しかし、彼は意外にもクロエの訴えを考慮してくれているようだ。白金色の髪をかきあげた魔法使いは考え考え、言った。

「魔法使いの城が怖いのではないのか？　震えているぞ」

その指摘に、はっと自分の手足を見る。確かにクロエの手と足はぶるぶると震えていた。

怖いか怖くないかで言ったら、怖い。

でも、魔法使いに対する怖さと、両親を失い、血縁の叔父からも見捨てられた寄る辺なさのどちらがより怖かったかと言うと、後者だ。だからこそ、魔法使いのマントを掴んだのだろう。

なにかしっかりと掴めるものが、そのときのクロエは欲しかったのだ。

それに、クロエが恐《こわ》いのは、正確には魔法使い自身じゃなかった。

「だ、だって……お城がわたしの上に落ちてきそうで……」

半泣きで頭上に聳える城が怖いのだと訴えると、魔法使いは驚いた顔をして、天空を仰いだ。

森のなかに突き出た岩山、そのまた先端に聳える城は、わずかでも均衡が崩れたら落ちてきそうな危うさがある。

その目も眩《くら》むような高さが、細長い尖塔がなにより恐い。

八才の子どもにとって、それは理屈ではなかったのだ。

「あの城は、私の……魔法使いルキウスの魔力が尽きないかぎり崩れることはない。おまえの上に落ちてくることもない。だから、安心して去れ」

冷たい言葉を吐いているはずなのに、その相貌はクロエがいままで見た誰よりも美しかった。

目の前できらきらと星が散って、魔法使いの顔を見つめてしまう。

あとから思えば、その瞬間に、もうクロエは恋に落ちていたのだろう。

魔法使いの顔を、もっともっと見ていたいという気持ちが生まれていた。

「城が……城が落ちてこないなら……なおさらお願いします。どうか働かせて……ください……」

怖い魔法使い相手に、なにを言っているのだろうと言う自覚はあった。

でも、メルセデスと叔父の嫌がらせに耐えてきたクロエにとっては、目の前に立つ綺麗な人に訴えるのは怖くなかった。

むしろ、この人のそばにいたいと思ってしまうほど、その存在に引きつけられていたのだ。

「……子どもがやる仕事などないと思うが……まぁいい。ヘルベルト」

魔法使いが名前を呼ぶと、先ほどの品のいい青年が胸に手を当て、頭を下げた。

「はい。なんでございましょう」

「この娘の部屋を用意してやれ。人間の世界のことは、おまえに任せる……子ども、名前は？」

問われてクロエはぱちぱちと目をしばたたいた。

「クロエです……クロエ・アマーリエ・フォン・ギーフホルンと申します。あの、ここに……いてもいいの？」

不安げに見上げながらも、魔法使いのマントをしっかりと掴んだままだ。

「気が変わったなら、いつでも去っていい」

「か、変わりません！　いさせてください……お願いします！」

クロエは魔法使いの台詞《せりふ》を遮るように声をはりあげる。

すると、目の前を黒い影がひゅっとよぎった。

とっさに身構えたが、空中に浮かんでいたのは、翼を持った黒い猫だった。

驚いたのと興味を引かれたのとで、しっぽに触ろうと手を伸ばしたが、

「しっぽはやめておけ」

と魔法使いにたしなめられた。

「これは翼猫《つばさねこ》のザザだ。普通の猫と同じで、しっぽをつかまれるのは嫌がる。人間だって、初対面の相手から嫌なことをされたら、その相手を嫌いになるだろう？」

諭すような声に小さくうなずく。

こんな教えを受けたのは、両親が亡くなって以来、初めてのことだった。それでクロエはつい、魔法使いをまじまじと見て、こう思ってしまったのだ。

――まるで、父さまとお話をしているときみたい……。

ギーフホルン伯爵だった父は体こそ弱かったが、博識で物静かな人だった。

よく物語をよく語り聞かせてくれて、教訓を与えてくれたこともあったから、その姿が魔法使いと重なったのだろう。

「あの……義父《とう》さまって呼んでもいい？」

まだ人恋しい子どもにとっては、自分といっしょにいてくれる存在は親くらいしかいない。

親戚はメルセデスや叔父の睨《にら》みひとつで遠のいてしまった。クロエを救ってはくれなかった。

だから、自分の居場所を作ってくれるのは、父か母しかいないと思っていたのだ。

魔法使いはクロエの提案に驚いた顔をしていた。

驚いて、なにかを言いかけて結局のところ、

「わかった」

というぎこちない返事をくれた。

ふわりと、魔法使いの腕に抱きあげられる。

背の高い青年の腕に座るようにして収まると、魔法使いの氷のような瞳と視線が絡んだ。

同じ目の高さで見ると、なおさら、魔法使いの顔が整っているのがよくわかる。美しい顔に笑みが浮かんでいたわけじゃないし、声音は堅苦しいままだった。

それでもなぜか、クロエの心臓はとくん、と甘く跳ねて、ルキウスの氷のような瞳に見入ってしまっ

た。

「私はルキウス。ヴァッサーレンブルグ公爵にして破滅の魔法使いと呼ばれるものだ。魔法使いの娘になる覚悟はできているか？」

使用人なら「ご主人さま」と呼んだほうがいいのだろうか、などという考えはなぜか浮かばなかった。

どんな気まぐれだったのかはわからない。

でも、魔法使いルキウスはクロエに部屋を与えてくれて、あたたかい風呂に入れてくれた。

——その日から、魔法使いの城はクロエの家になったのだった。

第一章　うちの義父さまを誘惑したいけど、なかなか隙がありません！

クロエが魔法使いの娘となって、わかったことがみっつある。

ひとつは破滅の魔法使いが、ルキウス・メルディン・フォン・ヴァッサーレンブルグという名前で、現在はヴァッサーレンブルグ公爵の爵位を持っていることだ。

生家と隣接した領のことだから、公爵さまがいることは知っていたものの、まさか噂に聞く破滅の魔法使いだとは思っていなかった。

ヘルベルトに説明されたところによると、ルキウスがこの場所に城を構えてのちに、エベルメルゲン国王から爵位を与えられて領主になったのだとか。

クロエとしてはよくわからないから、

「王さまから爵位を与えられるなんてすごいんですね！」

などと言ったら、義父さまは複雑な顔をしていた。どうやら大人の事情と言うことらしい。

そして、もうひとつは義父さまが災厄級と呼ばれる強い強い魔法使いで、とても長く生きてらっしゃるということだ。

魔法使いはそこかしこにいて、王国でも魔導士という職業がある。

でも災厄級の魔法使いは特別で、誰も彼らには敵《かな》わない。不老不死なのだとも言われているが、その事実は本人たちにさえ、わからないらしい。

「ただ長く生きるうちに、体の時間が止まっただけだ」

なんて義父さまは言うけれど、複雑なことは子どものクロエにはわからなかった。

そして、もっとも重要なことが、我慢できて平気だと思っていたことが、自分で思っている以上に深い心の傷になっていたと言うことだ。

それは侍女が恐いと言うことだった。

公爵家の屋敷の一角に部屋を与えられたが、ルキウスの姿はない。

立派な部屋には贅沢《ぜいたく》な暖炉があり、屋根裏で凍えていたことを考えると天国のようだ。

なのに、面倒を見てくれる侍女に預けられると、クロエはどうにも落ち着かなかった。

身がこわばって言いたいことが言えないし、頭が真っ白になってしまう。

侍女と過ごすことがいたたまれなくなったクロエは部屋を抜けだして、もっと安心してすがれるもの——ルキウスの姿を探した。

「あの、義父さまはどこですか？」

長い廊下でさえ豪奢《ごうしゃ》な飾りが施されていて、公爵家が豊かだと言うことは子どもでもよくわかる。

しかし、立派なサロンにも、エントランスにも、ヘルベルトが仕切っている執務室にもルキウスの姿は見当たらず、通りすがりの使用人に尋ねれば、みな困ったように高い塔の上を指さす。

「旦那さまは塔の上にいらっしゃいます」

見上げれば、そのあまりの高さに、ぐらぐらと眩暈《めまい》がした。

初めて魔法使いの城を見たときから恐かった空を突き刺す尖塔だ。

その土台部分、真ん中当たりにルキウスの研究室があるらしい。真ん中付近と言っても、すでにお屋敷の屋上ぐらい高く、とても子どもの足でのぼっていけそうにない。

高い場所は恐いのに、ルキウスを探しにいくというクロエの決意は変わらなかった。

「どうやったらあそこに行けるの？」

子どもならではの率直さでクロエは尋ねた。

「申し訳ありません。あの塔の上には行けないんです……お嬢さま」

主塔には結界が張ってあり、人間の使用人は入っていけないということを、このときのクロエは知らない。『塔の上には行けない』という言葉さえ、使用人の禁忌みたいなものだろうと受けとめていた。

それなら侍女は行けないけど、自分はいいのではないかと考えたのだ。

公爵家の屋敷の上階はすでに地上から相当な高さだ。

小さなクロエは胸壁から身を乗りだして景色を眺めることはできなかったが、できたとしても多分やらなかっただろう。眩暈がして落ちてしまうのが恐かったからだ。

岩山の上の高い城壁、お仕着せを着た仕事のできる侍女たち、ひとりで眠ること。

クロエの周りは恐いものばかりだ。

城にやってきて三日は、それでも我慢した。我が儘を言わないことには慣れていたし、虐《いじ》められているわけでもない。快適な生活を与えてもらっている。

それでもやっぱりルキウスの顔が見えないと震えが止まらないときがあって、だから、クロエは必死になってルキウスを探すしかなかった。

最初は部屋の周りを、次に屋敷の廊下を覚えて、一週間がたったころには、空中庭園への行き方を覚えた。

ヴァッサーレンブルグの城は、ギーフホルン伯爵家の屋敷よりも複雑で、とても広い。

ほかの人たちの話から、『下の公爵家』と呼ばれる領域に自分がいることはわかったが、その公爵家の主棟でさえ、子どもの足には迷宮のように広かった。

銀の燭台《しょくだい》に鏡の間、見たことがない異国の華麗な壺《つぼ》に、天上に輝く巨大なシャンデリア。

そんなものに目もくれずに通りぬけたさきには、嘘のように美しい空中庭園が広がっていた。

建物の上階には土を持ってきても水や栄養がとどまらず、植物は根付かない。

それは子どもでも知っている常識なだけに、建物の上階に美しい緑が広がる光景に目を奪われる。

「すごい……まるで楽園みたい……」

不思議な庭園に誘われるように、外に出ていくと、そこには黒い翼猫がいて、綺麗に刈りこみされた植木の迷路を、ふよふよと飛びながら遊んでいた。

「あ、あの！　こんにちはザザ。ルキウス……義父さまのところに行きたいのだけど……どこにいるか知りませんか？」

クロエとしては使い魔だという、その不思議な生き物に敬意を払って話しかけたつもりだった。

しかしそこで、予想外のことが起きる。黒猫がしゃべったのだ。

「おまえ……ちゃんと挨拶できるんじゃねーか」

目をぱちぱちとしばたたいて驚いたけれど、子どもならではの柔軟さなのだろう。使い魔はしゃべるものなのかと、そのまま自然と受け入れてしまった。

「……は、はい。先日はしっぽを触ろうとしてごめんなさい……あの、義父さま、いますか？」

頭を下げて謝ると、ザザは機嫌がよかったらしい。ふわりとクロエの肩に飛び乗った。

成猫なみの体格があるのに、ザザは驚くほど軽い。

久しぶりに触れる、動物の滑らかな毛皮や、肉球に肩を踏まれる感覚がくすぐったくて、クロエも胸があたたかくなった。

――よかった……ザザは恐くない。

さっきまで自分が手を握りしめていたことに気づいて、クロエははーっと肩の力を抜いた。

ザザはクロエの肩の上で、器用に片手を上げる。

「ルキウスなら塔の上にいるよ。連れていってやろうか？」

あとから考えてみれば、それはザザの気まぐれだったのだろう。翼猫は空中庭園の芝生に降りたつと、クロエの目の前ですぅっと大きくなった。

思えばそれは、ルキウスが飛んできたのとは別に、初めて目にした魔法らしい魔法だった。

巨獣のごとく大きくなったザザは、しっぽでクロエを掴んで背に乗せると、たたたっと芝生を数歩走って、空に舞いあがる。

ザザの翼が滑空しながら風を捉え、勢いよく高くのぼっていく。

「すごい……すごいザザ！　あんなに高かった塔を……こんなに軽々とのぼっていくなんて！」

思いもかけず、気分が高揚してクロエは叫んでいた。空中庭園がまるでおもちゃのように小さくなっていく。街の全景が見渡せる。

それは初めて見る高層からの景色だった。

「尖塔の上のほうは鐘楼があるだけで、部屋はない。ルキウスは主塔の上にいるよ」

そう言いながら、ザザは張りだしのバルコニーの上に軽やかに降りたった。

「ありがとう、ザザ！　今度お礼にお菓子を作ってあげるね！」

お菓子作りはクロエのささやかな特技だ。

掃除のなかでも辛い水仕事ばかりをさせられるクロエを見かねて、あたたかい火仕事を手伝ってくれると、料理長から頼まれることがあった。

竈《かまど》の火を見る作業も大変だが、寒さに震えてるときにはありがたかった。

それに焼いたクッキーの欠片《かけら》を食べさせてくれたから、それだけはギーフホルン伯爵家の生活でもやさしい思い出だ。

真っ暗な廊下を進んでいくうちに、カンテラの灯がともった両扉の前に辿《たど》り着《つ》いた。

鉄鋲を打ってある立派な扉である。でも固く閉じられているその扉が、ルキウスの居場所なのだろうと直感した。

「と、とーさまぁぁぁぁぁっ！」

甲高い子どもの声で、精一杯クロエは叫んだ。

軋《きし》んだ音を立てて扉が動くと外開きだったから、クロエは鼻をぶつけてしまった。思わず尻餅をついたところで、ルキウスが飛んできた。

「おい、どうかしたのか？　どうしてここに入ってきた？」

意外なことにルキウスは驚いた顔をしていた。冷酷な魔法使いでも驚いた顔をするんだなんて、どうでもいい考えが頭を過ぎる。

まさかクロエが、こんなところまで来るとは思っていなかったようだ。

「義父さまのお姿が見えないから……ふ、不安で……ザザに連れてきてもらったの」

長い魔法使いのローブからは薬草の変わった匂いがして、はっきり言えば臭かった。

それなのにクロエはその匂いにほっとしてしまった。病弱だった本当の父も薬の香りを漂わせていたからかもしれない。

「そうか。子どもは軽いから、ザザも乗せるのを嫌がらなかったのだろう」

翼猫はもういつもの大きさに戻って、廊下の隅で伸びをしている。ルキウスの口ぶりからは、使い

魔と言っても猫だからだろう。ザザが気まぐれな性格だということがうかがえた。

クロエがルキウスの服に顔を埋めていると、たどたどしい手つきで抱きあげてくれる。

端整な顔が間近に近づくと、どきどきするのと同時に、不安がやわらいだ。

「義父さまにお目にかかれてよかった……」

緊張していた心の糸がゆるんで、くしゃり、と幼い顔が笑みを浮かべる。

うれしかった。ほっとした。ルキウスのとまどう顔を見ていると、自分でもびっくりするくらい胸があたたかくなる。

「あ、あの……義父さま。わたし、この部屋にいてもいいですか……その……義父さまの姿が見えるところにいたいのです。お手伝いできることならなんでもしますから！」

ルキウスのそばにいたかった。

クロエのたったひとつ残った宝物をとりかえしてくれたルキウスの近くにいれば、安心できる。首にかけた十字架をぎゅっと握りしめていると、

「おまえは私が恐くないのか？」

ルキウスが不思議そうに問いかけた。

表情はほとんど変わっていなかったが、顔の高さまで抱きあげられていたから、微細な変化が感じとれる。目をわずかに瞠《みは》り、眉間に皺《しわ》がよる。

クロエは思わず、ルキウスの首に抱きついていた。

「義父さまは……お母さまの形見をとりかえしてくれたから、恐くない」

クロエにとって理不尽なのは、説明もなく部屋を追いだされたり、自分の持ち物を奪われることだった。

ちゃんと掃除をしたのに綺麗になってないと叱られ、冷たい雑巾を投げつけられる。

父親は謂《い》われのない理由で先祖伝来の霊廟に入れてもらえない。

どんなに我慢して我慢して、生きるためにやり過ごしているつもりでも、心は辛さをためこんでいた。自分がなにもできないことが悔しくて情けなくて、それでいて、涙に暮れる余裕すらなかった。

でも、ルキウスはその理不尽さのなかでただひとりだけ、叔父とメルセデスに抗《あらが》ってくれた恩人だ。

クロエのものを奪おうとしたメルセデスを初めて盗人だと言ってくれた。

十字架を握りしめるたびに、その瞬間のことを思いだす。

ちゅっと、ルキウスの白皙《はくせき》の頬《ほお》に口付けた。

「義父さまのそばにいたい。義父さまのお姿が見えないほうが恐いの……」

引き離されるかと思うと、十字架を握る手が震えそうになる。

我が儘を言って怒られるだろうかと、ちらりとルキウスの顔を見れば、魔法使いは特に怒ってはいなかった。

「そうか……」

とだけ静かに言って、ちゅっとクロエの頬に親愛のキスを返してくれた。

家族との触れあいは久しぶりで、ルキウスに抱きあげられたり、キスをされるとじんわりと胸があたたかくなる。自分はここにいてもいいのだと思えてくる。

「あの……あのね、義父さま……今度はクッキーを作ってきますね。ザザにもあげるって約束をしたんです。あの……お仕事の邪魔をしてごめんなさい」

内緒話を言うように耳元であやまるのは、親しい相手にだけする行為のようで、くすぐったい。

照れかくしで微笑《ほほえ》むと、心なしか、ほとんど変わらないルキウスの表情がやわらかくなった気がした。

「別にいまは急ぎの仕事をしていたわけではない。たまには下の屋敷で一緒に食事をしよう」

「ほ、本当に⁉　あの、お食事のあと……義父さまと一緒に寝ても……いい？」

明かりを消した夜こそ、やってくる悪夢が恐い時間だった。

本当の父親が具合が悪いと言われて部屋の奥で寝こんだあとは一度も面会をさせてもらえず、ただただ不安をひとりで受けとめるしかなかった。

そのときのいい知れない不安が、自分はひとりになるのだろうかという寄る辺なさや死の恐怖が、夜の闇に紛れてクロエの心をさいなむのだ。

「一緒に……？　わかった……努力は……してみよう」

そういったルキウスは今度こそ複雑な顔をしていた。

でも、ルキウスの腕に抱かれた格好で公爵家の使用人の前に連れられたとき、彼らがクロエを見る目つきが変わったのがわかった。

「旦那さまが夕餐をとるために下りてきてくださるなんて……」

「ほら、小さなお嬢さまをお引きとりになったから……やっぱり魔法使いも子どもには弱いのね」

ざわり、と使用人たちが囁《ささや》く声は、クロエには後ろ指を指された記憶と重なってしまう。

ぎゅっと手を握りしめてルキウスの肩に身をよせると、ルキウスも抱きしめかえしてくれた。

――ああ、やっぱり、義父さまのそばは恐くない。

「あ……そういえば、子ども用の椅子が……ございませんね」

案内をしてくれたヘルベルトがクロエと部屋のなかを交互に見回して、落ち着いた顔をわずかに歪めた。

夕餐のための広間には長テーブルがあり、背の高い椅子が並べられている。

それは公爵家に正式に客が訪れたときに使う椅子で、当然のことながら大人の客用のものだった。

そもそも、普段は主《あるじ》さえテーブルについて食事をとらず、子どもの客が訪れることは滅多《めった》にない。

それで、使用人たちもいまになって子ども用の椅子が必要なのだと気づいたのだった。

公爵家の有能な使用人としては大失態だ。気まずい緊張感が使用人の間に走る。

「どこかに背の高い椅子があるかどうか探してまいります」

ぴしりとした角度で、申し訳なさそうにヘルベルトが頭を下げる。しかし、使用人に命じて探しに行かせようとするヘルベルトを、ルキウスが引き留めた。

「いや、いい。すぐには見つからないだろうし、クロエさえかまわなければ、今日は私の膝の上に乗せる」

ルキウスがそう言ったとたん、食事の準備を急いでいた使用人たちがいっせいにざわめいた。

「旦那さまが……子どもを膝に乗せて食事をなさる？」

「ご、ご冗談でしょう？　でも、旦那さまは冗談なんて言わないし……」

どうやら魔法使いがそんなことを言い出したのは初めてのようで、使用人たちは半ば信じられないものを見るようにクロエとルキウスを眺めている。

でも、クロエはうれしかった。

広間に置かれた長テーブルは大きすぎて、どんなに大きな椅子を用意してもらっても、クロエとルキウスが座る場所は離れてしまっただろう。しかし、膝の上に乗せられるのだったら、ルキウスの体温を感じていられる。すぐそばでお話ができる。

ルキウスはクロエを抱えながら長テーブルの上座に座ってくれた。

膝の上に抱えられると、昔、父親の膝に乗ったときの懐かしい感覚がよみがえる。

その瞬間、クロエはここ数年では考えられなかったほど、いい気分になってしまった。

「おまえは食べられないものはないか？　あー……好き嫌いはよくないという話だが、どうしても食べられないものはのぞいてやる」

その言葉は、むしろルキウスのほうが好き嫌いがあると告白しているようなものだった。それが妙におかしくて、

「義父さま、クロエは食べられないものはありません。義父さまこそ、好き嫌いがおありなのですか？」

と首を傾《かし》げて問いかけてしまった。

「うっ、いや……私は……私はいいのだ。好き嫌いがあっても」

ルキウスが自分のプライドと好き嫌いを秤《はかり》にかけて苦悩している間も、使用人たちの視線がなりたての親子に突き刺さる。

どうやら、ルキウスの好き嫌いは、使用人たちの間でも有名らしい。

「義父さまはなにが苦手なのですか？　クロエが食べるのを手伝ってさしあげましょうか？」

好き嫌いがないクロエにとっては、食べられないものがあるというのは不思議な感覚だ。

肩越しに、にっこりと笑いかけると、ルキウスは子どもに食事を手伝ってもらっていいものかと悩んでいるらしい。複雑な顔をしていた。

その隙を塗って、ヘルベルトがその奇妙な間を引きとる。

「それはよろしゅうございます。旦那さまは今宵《こよい》のメニューのなかですと、芽キャベツとにんじんが苦手です、クロエお嬢さま。正確に言いますと、野菜全般を避ける傾向がございます……ハーブの類は扱うというのに、どうして野菜が苦手なんでございましょうね」

呆《あき》れた物言いからは、ルキウスを心配する気配が漂っていた。

――うーんと、義父さまはお野菜が嫌いで、でもヘルベルトさんは義父さまに食べさせたいと思っていて、だから……つまり。

言葉にならない言葉を、いつからクロエは察するようになっていたのだろう。

両親が亡くなってから、謂われもない理由をつけられてはものを奪われ、なにかにつけて殴られるような生活は、人の機嫌や飲みこまれた言葉を察する能力を知らず知らずのうちに磨いていた。

スープのなかから芽キャベツとハムを同時にフォークに突き刺すと、

「義父さま、はい……あーんしてください。ベーコンと一緒に食べると芽キャベツは苦くないんですよ?」

そう言ってルキウスの前に差しだした。

またしても、広間には緊張した空気が流れ、使用人たちがクロエとルキウスの一挙手一投足に注目しているのを感じる。

「義父さま? あーんです。どうぞ召しあがってください」

クロエが再度要求すると、ルキウスは観念したように口を開いた。

「……ん。本当だな……ベーコンと一緒に食べるほうが食べやすい……気がする」

恐る恐る咀嚼《そしゃく》したあとで、ルキウスは意外そうな声を漏らす。

クロエよりもずっと大人で、公爵なんていう身分が高い人なのに、まるで子どもみたいなことを言うから、おかしくなってしまった。

「ふふ……義父さま、かわいい。義父さまが食べてくださってクロエはうれしいです」

にこにこと告げるクロエとは正反対に、広間は一瞬凍りついていた。次の瞬間、またなんとも言えないざわめきがひそひそと交わされる。

「か、かわいい？　旦那さまが？」

「あの子どもはいったいなにを言って……魔法使いが恐くないのか？」

「いやでも確かに……いまの旦那さまはちょっとかわい……いえ、ごほっごほっ……ようございましたね」

自分がしたことが発端で、思いがけず使用人たちに心境の変化が訪れたなんて、クロエ自身、気づく由もなかった。

その変化は小さくて目には見えなくて、でも確実に魔法使いの城を変えていく。

冷静に対処しているように見えたヘルベルトでさえ、このあと唖然《あぜん》とさせられることになる。

「ルキウスさま、お食事のあとは湯浴《ゆあ》みをなさいますか？　それとも、研究室に戻られますか？」

公爵家で食事をとったときは、魔法使いも人並みの生活を送ることが多い。ルキウスの希望をおもんばかって尋ねただろうに、

「ああ……クロエと一緒に寝るから、風呂のあとは寝室を準備しておいてくれ」

主の返事を聞いたとたん、ヘルベルトはなにを言われたのかわからずに、わずかの間、固まってしまった。

「旦那さまの命令に対して、あんなふうに反応できないヘルベルトさんは、あとにもさきにもあのときだけだった」

などと、使用人たちの語り草になっている。

それは魔法使いの城に起きた小さな騒動で、クロエ自身がその騒動の中心にいたのだとしても、クロエはよくわかっていなかった。

ただ、お風呂に入ったあとのほかほかの身体で魔法使いのベッドに入れることがうれしくて、ひとりで眠らなくていいことがうれしくて——。

「子どもというのは……こんなに体温が高いのか？　熱があるのではあるまいな？」

などとあわてるルキウスの顔を見ては、口元がゆるんでしまう。

——冷酷な魔法使いなんて言われていたけど……義父さまはやさしい人なのかも……。

クロエはルキウスに抱きつきながら、そんなことを考えていた。


その夜のクロエは、両親が亡くなったあと、久しぶりに恐い夢を見ずに安らかに眠れたのだった。

† † †

魔法使いの城に引きとられてから十年が経《た》った。

クロエの正式な名前は、クロエ・アマーリエ・フォン・ヴァッサーレンブルグ。

元ギーフホルン伯爵令嬢から、いまは正式にヴァッサーレンブルグ公爵家の養女になっている。

黒くて真《ま》っ直《す》ぐな髪は令嬢らしく長く伸ばしていたが、服装は歩きやすさ重視だ。膨らんだ袖のブラウスにショートコルセットでおざなりていどに腰を細く見せている。ペチコートで膨らませた薄紅のスカートを翻しながら、クロエは、いつも城のなかを駆けずり回っていた。

寒い季節になると真っ赤なケープコートを着ているのは、城のなかで目立つようにだ。

クロエがまだ小さいころ、ほかの人の陰に埋もれてルキウスが見つけにくいからと、どこかからへルベルトが見つけてきた赤い服を着せられたのが最初だった。

その習慣は十八才になったいまも続いていて、屋敷のなかで赤い上着を纏《まと》うのはクロエだけの特権だ。

平凡な顔立ちながら、髪を揺らして長い廊下を進む姿は年相応の愛らしさが漂っていた。

伯爵家を叔父に乗っとられて以来、この魔法使いの城で暮らすようになったクロエは、麓《ふもと》の街へ出れば『魔法使いの娘』などと呼ばれて、一目置かれる存在だ。

城のなかをはじめ、ヴァッサーレンブルグ公爵領は、すべてが魔法使いルキウスを中心に回っており、その娘ともなれば誰も無下にはできないからだ。

エベルメルゲン王国内、ヴァッサーレンブルグ公爵領の『魔法使いの城』は、白亜の塔をいただき、足下の街を睥睨《へいげい》するように聳えたつ。

子どものころ、クロエが心配したように崩れて突き刺さってくることもなく、尖塔の頂はむしろ空へ空へと手を伸ばしているように見えた。

あんなに怖かった城が、いまやクロエにとって大切な我が家になっている。

崖下の城門をはじめ、正面のファサード、列柱が建ちならぶ壮麗な吹き抜けのエントランスも、いまやすみずみまでよく知っている。なかでも、『人間の使用人』は立ち入り禁止となっている主塔の上階は、クロエだけが自由に出入りできる特別な場所になっていた。

城の屋敷部分には公爵家らしい体裁を整えて多くの使用人が働いている一方で、肝心の城の主は、魔法研究に没頭しており、使用人たちには滅多に顔を見せなかった。

魔法で飛ぶのでなければ簡単に行き来できない主塔の上階——そこに、クロエの養父にして破滅の魔法使いルキウスの魔法研究の部屋があり、彼はたいていそこで寝食をすませている。

基本的に人嫌いのルキウスは、研究室に出入りされるのを嫌い、階段の入り口に結界の魔法をかけているから、翼猫のザザとクロエ以外は主塔に足を踏みいれられない。

だから、研究室とその前の廊下はクロエがせっせと掃除している。

廊下の端にはルキウスが出入りするバルコニーがあり、掃除を終えたクロエが一休みする場所でもあった。

塔の上から見るヴァッサーレンブルグ公爵領はとても広い。

城下の街は手のひらに載りそうなくらい小さいし、黄色く色付いた穀倉地帯は、ずっと向こうの山裾まで続いている。

その豊かさと対照的に、領地を囲む城壁の向こう側は、真っ黒な森が広がっていた。

『魔の森』と呼ばれる国境に面した土地は、普通は痩せている。魔獣が出るし、耕作に適さない土地が多く、国境地帯に領地を持つことを嫌がる貴族は多い。

しかし、ルキウスが魔除《まよ》けの城壁を作り、定期的に魔獣討伐をしているおかげでヴァッサーレンブルグは安全だ。魔法のおかげで作物の実りもいい。

さらに言うなら公爵本人が金に執着がないものだから、税が重くない。余った食べ物はほかの領地に流通させており、その買いつけに来る商人があとを絶たない。

ヴァッサーレンブルグ公爵領は、国内でも有数の穀倉地帯と商業的に発展した街を抱えている。

ただでさえ、国境というのは他国との間で人の出入りが多く、管理する仕事が多い。

広大な領地にはさまざまな産業についている官吏がおり、その収支報告をはじめ、国への報告もある。

普段の仕事に関しては、主は「好きにしろ」の一言しかくれない。

それがやりがいに繋《つな》がって、いい人材が集まっていたとしても、最終的な決済は公爵本人の署名が必要になる。特に、国への報告は年度の締め切りがあるから、家令をはじめ、公爵家の面々がぴりぴりとしているのだった。

使用人たちは『破滅の魔法使い』への恐怖より、いい給金につられてきた者が多いが、それでもルキウスに直接もの申すのは怖いのだろう。

こういうときはクロエの出番だ。

「あの、クロエお嬢さま、そろそろルキウスさまに決済していただきたい書類がたまっているのです。

下の執務室に顔を出してもらえるように頼んでいただけませんか？」

などと、公爵家家令のヘルベルトが頼みにくるときは、すでにそうとう切羽詰まっている。

優秀な彼は、自分たちでできる仕事はルキウスと関わりなく進めてしまうし、珍しくルキウスが外を歩いているところを見かけて、書類に署名させる技に長《た》けている。

それでも、手に負えないとなると、クロエに声をかけてくるのだった。

「……わかりました。義父さまに頼んでみます」

そう請け負ったものの、ルキウスを引っぱりだすのはクロエだって簡単ではない。

階段をのぼって城の上階へと上がったクロエは、まるで城門のように堅牢《けんろう》な扉の前で、ごくりと生唾を呑んだ。

怖いわけではない。クロエがこの城に馴染《なじ》むに従って、何度も同じことをくりかえしてきたし、いまさら破滅の魔法使いが怖いだなんて気持ちになるはずがない。けれども、最近のクロエは、ルキウスのそばに向かうのに、ときどき躊躇《ちゅうちょ》してしまうのだった。

コンコンコン、と扉を叩《たた》いて、

「義父さま、クロエです。扉を開けてください……義父さま？　起きていらっしゃいます？」

声をかけたのに、扉が軋む音ひとつ立てないから、呼びかけの声が大きくなってしまった。

クロエがもう一度扉を叩くと、さすがに声が届いたのだろう。ぎーっと重たい音を響かせて、両扉が開いた。

ルキウスの魔法だ。ほとんど寝ていても、クロエの声が聞こえると扉を開けてくれる。

外開きの扉にぶつからないように一度後ずさると、開いた扉の隙間から体を滑りこませた。

子どものころに鼻の頭をぶつけて以来、この扉が開くときには慎重になっていた。

薬でも作っていたのだろう。部屋のなかに入ったとたん、むっとした刺激臭が鼻について、クロエはあわてて窓を開いた。

自在を使ってあちこちの高窓も開くと、異様な匂いは次第に薄らぐ。

クロエには理解できない器材や開いたままの本、それに、机の上に積み重なった薬草などに触れないようにして、どうにか研究室の奥まで足を踏みいれる。

部屋の半ばまで行ったところでソファの上に人影を見つけて、ほっと一息吐いた。

「はぁ……クッションを汚い床に落としてもう……魔法を使えばすぐなのに、どうしてベッドで寝てくださらないのかしら？」

クロエにはその感覚がどうしてもわからない。魔法が使える感覚がわからないから当然なのだが、ルキウスはすぐできることを面倒くさがる癖があった。

クッションを拾いあげて、ぱんぱんと汚れをはたく。

ともすれば、机の上に突っ伏したままだったり、冷たい床の上で寝てしまうから、せめてソファで横になってくれとしつこく訴えた甲斐《かい》があったが、毎日そこで寝ていいという話ではない。

クロエはルキウスにちゃんとしたベッドで休んでほしかった。

あきらめのため息混じりに、毛布にくるまった塊をゆさゆさと揺さぶる。

「起きてください、義父さま！　決裁書類がたまっているそうです。家令のヘルベルトが困っていて早く義父さまを執務室によこしてほしいと懇願されています。とーうーさーまー！」

十年かけて言いたいことを遠慮なく言えるくらいには、ルキウスとの距離は縮まっている。

しかし、魔法使いという生き物は、もともと自分のルールを優先する傾向がある。

いつまでたっても、ルキウスは研究室で寝る癖をあらためてくれなかった。

「義父さま、夜はちゃんと寝室で寝てくださいとお願いしているでしょう!?」

クロエに小言モードのスイッチが入る。

ルキウスに注意する声を聞きつけて飛んできたのは翼猫のザザだ。「あ～あ」と言わんばかりの表情を浮かべて、空中に浮かんでいる。

ルキウスが研究室のソファで寝てしまうのは、今月に入ってもう十回目だ。そのたびにクロエは長々と小言をくりかえしている。

「いくら義父さまがとてもとても偉い魔法使いだったとしても、人間の体に悪いことはやっぱり義父さまの体にも悪いんです。朝、午前中のうちには起き、日の光を浴びる。一日三食きちんと食べて、夜にはちゃんとベッドで寝る。そういう約束をしたでしょう!?」

ルキウスに好き勝手をさせると、どう見ても不健康にしか見えない生活を送ってしまうので、クロエとしては心を鬼にして、小言をくりかえしている。

ちなみに、エベルメルゲン王国では一日二食ですませるものが多いから、三食の食事というのは贅沢な類だ。ともかく、必要最低限の生活をしてほしいとクロエは養父に訴えた。

心配だからだ。

本当の父は体が弱かったせいで早世している。

父のやつれた姿を思いだすと、いまでも胸が痛い。こんな不摂生を続けていたらルキウスまで病で失う気がして、つい小言に熱が入る。

しかし、ルキウスにしてみれば、四百年以上続けてきた生活習慣を変えるのは簡単ではないのだろう。クロエが目を離せば、すぐにひどい生活に戻ってしまうのだった。

「頼むからクロエ……あと少し寝かせてくれ……寝たのは夜明けなんだ……」

「ダメですよ、義父さま。いったんは起きて、朝食を召しあがってください。昨日も食事が適当だったじゃないですか。それに、寝るならお風呂に入ってからですよ！　身ぎれいにして寝室で寝てくださいね」

もう何回こんなやりとりをくりかえしたのか。

寝起きの悪いルキウスは、ぐずった子どものようでかわいい。冷酷な魔法使いの悪名なんて、この姿からは想像もつかないだろう。

こんな寝起きの悪い姿を見られるのも、もっと寝たいと駄々《だだ》をこねられるのもクロエだけの特権だ。

ほかの誰も知らないルキウスを知っているかと思うと、このダメな姿にも胸がときめいてしまうから始末が悪い。

公爵然とした姿や恐い魔法使いの顔を見せる、もっと素敵で完璧に格好いいルキウスも知っているし、それはそれで目の保養にさせてもらっている。その一方で、ダメなルキウスもいとしくてたまらない。おかげで、昼夜逆転した自堕落な生活をしているルキウスにさえ、きゅんとしてしまうにしても、それと彼の健康の話は別だ。

クロエは断固とした決意で、毛布をかぶってまたソファに沈みそうになるルキウスから、無理やり毛布を引っぱった。

なのに、ルキウスのほうも毛布を巻きこもうとしたから、力負けしてしまった。

「ひゃあっ……！」

体の均衡を崩したクロエは、ルキウスの上に覆《おお》いかぶさるようにしてつんのめってしまった。鼻がルキウスの長衣に当たる。

「いた……義父さま、いまのはひどい……」

ただでさえ低い鼻がつぶれてしまったのではないだろうか。ルキウスのように高く、すっと通った鼻梁と違うことが、クロエのささやかな劣等感だった。

痛む鼻をさすっていると、不意に、その手にルキウスの大きな手が重なる。

突然の肌と肌の触れあいに、どきりとした。

骨張っていて大きな手は、寝起きのせいか、人並みにあたたかい。彼の手が鼻をさする手からクロエの頬に移り、顔の輪郭を辿《たど》るようにして撫《な》でていく。

「と、義父さま……?」

寝ぼけているのだろうか。親愛の情を示されるような行為に、かぁっと頭に熱があがった。

ただでさえ、ルキウスに抱きついてる格好だから顔が近い。

整った相貌を間近に見ながら頬を撫でられるというのは、こんなにも心臓に悪い行為なのか。いままで知らなかった。

「あ、あの……」

――しゃんとしてください。目を覚まして……。

そう言いたいのに、どきどきと心臓が高鳴るせいで、言葉がうまく出てこない。

とっさに顔の距離を離そうと動いたとたん、狭いソファの上で体がずり落ちそうになった。ルキウスの手に引きよせられて、今度は上下逆になってしまう。

――もしかしてわたし、いま義父さまに押し倒されているのでしょうか⁉

さらりとルキウスの白金色の髪が零れて、クロエの頬をくすぐった。

「私の娘は……いつ見てもかわいいな……食べてしまいたいくらいかわいい」

何度聞いたかわからない戯言《たわごと》を口にして、ちゅっとクロエの頬にキスをする。

娘を盲愛しているルキウスにとって、クロエていどの平凡な容姿でも十分鑑賞に堪えるらしい。

クロエのことを見かけるたびに、ぎゅっと抱きしめて褒めてくれるのは、娘としてはうれしい。

しかし、年頃になって自分が十人並みの容姿だと理解したあとでは、親バカというのは大変厄介な病気だと思うようになった。

「はいはい。義父さまの容姿でかわいいとか言われると、ほとんど嫌味《いやみ》ですからね。やめましょうか」

ほどほどにしてくださいとばかりに、ルキウスの頬をぺちぺちと叩く。

不規則な暮らしをしていても、ルキウスの顔立ちは高貴で美しい。

女性的な美しさではない。黄金比というのだろうか。目鼻立ちが作りものめいた美しい配置をしており、見るものに感銘を与える。

彫りが深い顔立ちは何時間見ていても飽きなかった。

近づけばとって食われると噂されるヴァッサーレンブルグの白い悪魔が、こんな美青年だとは領民でさえ知らない人が多いだろう。

クロエだって子どものころはそう思っていた。

怖ろしい魔法使いの頭には角があり、大きな口には鋭い牙が生え、魔獣のように怖ろしい顔をしていると想像しては、勝手に震えあがっていた。

それが実態は、こんなため息を零したくなる美青年だというのだから詐欺だ。

「クロエは世界一かわいいだろう。嫌味じゃなくて本当のことだぞ。いったいクロエにそんな嘘を吹きこんだのは誰だ？　大きくて黒目がちな目も、つやつやの黒髪もぷにぷにの唇も全部かわいいじゃないか」

目元にも口付けられて、ぎゅっと抱きしめられると、クロエはうっ、と言葉を失った。

顔を近づけられるとクロエの頬は紅《あか》く染まり、瞳が潤んでしまう。まるで魅了の魔法でもかけられたように動けなくなった。

ルキウスの目は据わっているし、いくらなんでも寝ぼけすぎだが、これでも養父は通常運転だ。

子どものころからずっとルキウスはクロエをとてもかわいがってくれて、表情こそ豊かではないものの、褒め言葉は浴びるほど言ってくれた。

──あんたのその真っ黒な髪。異国の母親から受け継いでみっともない。

叔父や従姉妹のメルセデスをはじめとして、ギーフホルン伯爵家ではさんざんなことを言われていたから、容姿のことを言われるのは苦手だ。

でも、ルキウスはいつも褒めてくれたから、かわいいと言われるたびに胸の奥がきらきらして、自分が世界一かわいい子になったような錯覚に陥る。

本当はそんなことはないのに、世界一かわいい子になって、ルキウスを誘惑する夢を見てしまう。

「わたしが本当に世界一かわいかったら、好きな人をすぐにめろめろにさせちゃうのに……」

現実はそう甘くない。ルキウスに抱きつきながら、吐きだすように本音を吐露すると、つきり、と胸が痛んだ。

ルキウスがかわいいと言ってくれるのは親代わりだからで、クロエが本当にかわいくなったわけじゃない。ルキウスを誘惑できるくらいの美女に生まれていたら、クロエはいまここまで苦労していないだろう。

「それなら問題ない。こんなにかわいいクロエから、『好きです。結婚してください』と言われたら、絶対誰も断れないに決まってる」

ものすごくきっぱりと言い切られると、さすがのクロエも本当にできるかもしれないと、ちらりと考えてしまった。

「と、義父さま……わたし、あの……義父さまが好き。義父さまになら……」

——抱かれてもいい。むしろ、抱かれたいです……。

かすれた声で訴えたのが聞こえたのだろうか。ふにゅっ、と唇に唇が触れた。

やわらかい、ただ触れるだけのキスだ。

親子でも、このぐらいの軽いキスを交わす習慣はあると、頭ではわかっている。

なのにいま、ルキウスの腕に囲まれながらキスされると、まったく違う妄想が頭のなかを埋めつくして、クロエは甘い熱に侵されてしまった。

「義父さま……義父さま……もっと……もっと激しいキスをして……」

はしたなくもおねだりすると、ルキウスはもう一度唇を重ねてくれた。

ゆるく開いた唇の間から舌を挿し入れられ、「んぅ」というくぐもった声が漏れた。

苦しい。なのに、舌で舌を搦《から》め捕られると、もっと深く繋がりたくなって、のどの奥が物欲しそうにごくりと鳴った。

「と……う、さま……ンぅ……とうさ……っはぁ……ンあぁ……ッ」

ルキウスの舌が蠢《うごめ》くだけで、自分を求められている気がして、頭の芯まで蕩《とろ》けてしまう。

抱き枕のようにぎゅっと抱きしめられて深いキスもされて。

ルキウスの手がクロエの腰に回り、腰回りを撫でるだけで、身体の奥から震えが湧きおこった。

キスに溺れてしまったクロエの身体が、くたりと力を失ったところでようやくルキウスの唇から解放される。

「クロエ……」

寝起きのかすれた声で名前を呼ばれると、ひどく思いあまった声に聞こえて心臓に悪い。

「な、なに……義父さま?」

もっと名前を呼んでほしいという感情が滲《にじ》んでしまったのだろう。

媚びるような口調になっていた。

クロエの期待に応《こた》えるようにルキウスの手が頬に触れる。

他人の指先に触れられる感触がくすぐったいのに、愛撫《あいぶ》するように首筋をたどられると、「あぁっ」とあえかな声が零れた。

心臓が壊れそうだ。鼓動が高鳴りすぎて、ルキウスに聞こえてしまう気がした。

じっと氷のような瞳を見つめられると、氷海に溺れそうな錯覚に陥る。それでいて、クロエの体は熱を上げてしまうのだ。肌がほてってって、じんわりと汗ばんだ。

――わ、わたし……このまま本当に義父さまに抱かれたら……どうしよう。

もしかしたら、とずっと願っていたことが現実になりそうになった瞬間、少しだけ怖《お》じ気《け》づく。

一方で、ルキウスの唇が首筋に触れ肌の上で蠢くと、びくん、と身体はおののいた。やわらかい接触だけで満たされた気持ちになって、なにもかも受け入れたくなる。

首の後ろでルキウスの指が動いて、エプロンの結び目を外された。

「ああ……」とクロエは嘆息するしかなかった。義父とこんなことをしてはいけないという気持ちは欠片ほど残っている。

なのに、服を脱がされていく感覚は背徳的なまでに甘美で、このまま流されてしまいたかった。

身じろぎひとつしないクロエを不審に思ったのだろう。ふと、ルキウスがクロエを見た。

「クロエ、なんだ、そんなに私を見つめて……」

ルキウスの指先が軽くクロエの額をこづく。困ったときにする癖だ。

子どものころから何度もされていたから、慣れているはずなのに、服を乱されているときにされると、どきりとまた心臓が飛び跳ねた。

「あの……義父さま……朝からこんな不謹慎なこと……責任……とっていただけるのですか？　わたし、もうずっと前から義父さまのことが……す、好きなのです。ですから……」

――これからは娘ではなく、結婚相手として見てくださるのでしょうか。

ずっと胸に秘めていた言葉は、最後までは口にできなかった。

かぁっと頭の芯まで熱くなって、ルキウスから逃れるように顔を背けてしまう。

背中越しに、ちゅっ、とうなじに落とされたバードキスが、やけに甘ったるい音を立てる。

「不謹慎って……私とおまえは本当の親子ではないだろう。なにが不謹慎なんだ……私がおまえを抱くのはダメなのか……なぁ、クロエ」

耳元で囁かれる声は低く甘い。その甘さはさきほどのキスとは違い、蠱惑的《こわくてき》な響きをはらんでいて、ぞくり、と腰の奥が疼《うず》いた。

背中からかすかに聞こえる吐息が、クロエの理性を乱している。

背徳感とルキウスに抱かれたいという恋心とがせめぎ合うせいで、よけいに触れられている場所が敏感になる気がした。

服の上からでも、胸の先をきゅっと抓《つま》まれると、「ああっ」という短い嬌声《きょうせい》が零れた。

「ずっと子どもだと思っていたのに、いつのまにこんなに発育したんだ？　誰が育てたのかな？」

「それは……義父さまです……義父さまのおかげでわたし……っああっ……！」

ブラウスの前紐をゆるめられると、肩が露わになり、豊かな双丘がまろびでる。

白くやわらかな膨らみを骨張った指が掴み、その先端を指の腹で転がすと、「あっ、あっ」と短いあえぎ声が部屋のなかに響いた。

「ああっ……義父さま……やっとわたし……女として見てもらえてうれしい……」

切羽詰まったあえぎ声を漏らしながら、クロエはルキウスに抱きついて……――

――妄想をかき消すには十分なほど、塩対応な声がした。

「ん……ああ……クロエか。悪い……寝ぼけていた……」

間の悪いところでルキウスが目を覚ましたらしい。

抱き枕のように、ぎゅっと抱きしめていたのが自分の養女だと気づいたルキウスは、お詫《わ》びのつもりなのだろう。クロエの頬にちゅっとキスをした。

そしてまたクロエを抱きかかえたまま二度寝しようとする。

「とーうーさーまー！　寝ないでください！」

クロエがもう一度叫ぶと、ドンッ、という不自然な轟音《ごうおん》が部屋のなかに響いた。

「なにやってるんだ、ルキウス……」

あきれかえった声とともに黒い影が頭上へと飛んでくる。

翼猫のザザだ。どうやら雷が落ちたらしいと気づくまでに、そう時間はかからなかった。

なにせ、『と、義父さま……わたし、あの……義父さまが好き。義父さまにならっ……』などと告白をしたところからはクロエの妄想だったからだ。

触れるだけの軽いキスも、コルセットをゆるめる甘い指先もクロエの妄想のなかにしか存在しない。

なのに、ルキウスの端整な顔を眺めては、その顔が間近に迫る瞬間を夢見ている。骨張った指先にどきりとしては、その指が自分の肌に触れたら、どんなふうに蠢くのだろうと考えてしまう。

最近のクロエは少々妄想に頭が冒され気味だった。

クロエが教科書代わりにしているロマンス小説は、白本と呼ばれる恋愛部分だけのものと、黒本と呼ばれる大人向け描写がある本とに分かれる。

初めて黒本を読んだとき、クロエは衝撃を受けた。

——これだわ……わたしと義父さまの間に足りないものは……夜の営みなんだわ！

そう悟って、深夜、ルキウスの部屋に入りこんだこともあったが、小説のように、うまくいかなかった。

たいていの夜、ルキウスは寝室にいなかったし、たまにいるところに遭遇したとしても、

「クロエ、さすがに十八にもなって父親と一緒に寝ている令嬢では結婚相手に嫌がられるぞ」

などともっともらしいことを言われて、追い払われてしまうのだった。

ルキウスのくせに常識的なことを言うなんて、と怒りに震えてみても、固い扉は開かない。

自分は勝手にクロエを抱き枕にするくせに、なけなしの勇気を振りしぼって誘惑しようとしたときだけ塩対応になるのはどういうことなのだろう。

——その一、ルキウスはときどきクロエを抱き枕代わりに抱きしめるが、恋愛感情は皆無である。

肌と肌の触れあいなんて、心を動かす最たるきっかけだと思うのに、ルキウスに対してはなんの効果もない。

あとで『義父さまを誘惑する実験記録』に書き入れておかなくてはと思いつつ、心はむなしい。

ルキウスは思いがけずクロエに触れてくることがあるが、それはたいてい寝ぼけたときか、子ども

に対しての親愛の情だ。

——義父さまが一緒に寝てくれるなら、抱き枕にくらい、いくらだってなるけど……。

せめて寝室のベッドで夜に寝てほしい。

誘惑しようにも研究室のソファの上はあまりにも狭い。薬草や本の匂いが漂って、物が溢《あふ》れてるのも耐えがたい。

「ザザの雷で、義父さまは昏倒《こんとう》してしまったんじゃないかしら……?」

ルキウスを抱きかかえた状態で、クロエはほかに被害がないか、天井をぐるりと見回した。

その視界の隅に、ふわふわと黒い翼で飛ぶザザが見えた。

「そんなわけないだろ。だいたい、クロエとルキウスは肌が触れているんだから、雷は普通、近くにも流れる。それなのに、クロエが雷の影響を受けていないと言うことはだな、ルキウスが魔法エネルギーを相殺したと言うことで、つまりルキウスにかぎっては雷の直撃を受けるということはないわけだ。クロエも少しは魔法原理を学んだほうがいいな」

クロエの発言はザザのなにかのスイッチを押してしまったようだ。

朝から魔法講義を聴く羽目になってしまった。

ザザは使い魔だが、その辺の魔法使いよりずっと強い。言葉がしゃべれる使い魔は魔力が高く、えり好みが激しいから、強い魔法使いにしか仕えないのだとか。

見た目は愛らしい猫なのだが、実はすごい使い魔なのだと、話には聞いたことがある。

ひょうひょうとした性格の翼猫は、クロエに甘えた声を出した。

「ご主人さまは寝起きが悪いからなぁ……起きないなら放っておいて朝ご飯にしようぜ、クロエ」

使い魔は人間と同じ食べ物を主食としているわけではない。魔法生物なので、魔力を帯びた食べ物か、ご主人さま――ルキウスから魔力を供給されて生きているのだとか。

しかし、ザザはクロエが作る料理が好きでよく食べている。それで、クロエに朝食を作らせようと探しにきたらしい。

「でも、朝ご飯なら義父さまと一緒に食べたいし……義父さまが重くて起きあがれないの……」

せっかく起こしかけていたのに、結局、二度寝されてしまったようだ。

すーすーと心地いい寝息を立てながら、クロエに抱きついているルキウスは重い。

白金色の髪にそっと指を入れて、手で梳いてみても起きる様子はない。

「義父さまったらもぉ……なんでこんなに寝起きが汚いのかしら？　ザザ、魔法で義父さまを持ちあげて、モーニングルームまで運んでくれない？」

「ええー……ルキウス重いんだよな……」

「お願い。あとでおいしいクッキーをいっぱい焼いてあげるから」

甘い声を出したクロエが、とっておきの切り札をぶらさげると、翼猫はしっぽをぴくんと動かして陥落した。ザザはクロエの作る食べ物のなかでは、クッキーが一番好きなのだ。

こうして買収の取引に応じるくらいには虜《とりこ》になっているようで、ルキウスをふわりと魔法で浮かせてくれた。

あたたかいルキウスの体が離れると、ほっとしたのと、少しだけもったいなかったかなと思う気持ちが同時に襲ってくる。

娘だと思われたくないのに、家族としての距離の近さを失いたくないと思う自分はずるい。

——でも、ああ……妄想が本当だったらよかったのに……。

いつか、ひとりの女性としてルキウスに押し倒されたい。

それはクロエのささやかな夢だった。

今朝もまた、夢は夢でしかないことを再確認させられて、正直に言えば落ちこんでいる。

「クロエー……おーい。さきに行ってるぞー」

翼猫の声で気をとりもどしたクロエは、身なりを正して、エプロンドレスのリボンを首の後ろで結びなおしたのだった。

† † †

クロエの日常は義父さまの面倒を見ることでなりたっている。

ヴァッサーレンブルグ領内は、魔法使いルキウスを領主としていただき、彼を中心に回っていたが、その居城であるルクスヘーレン城——通称『魔法使いの城』も当然、ルキウスのために存在し、彼の一挙手一投足でたくさんの使用人が動く。

しかし、魔法使いというのは、もともとが自分本位で他人とは関わりたがらない性質の生き物だ。

ルキウスもその例に漏れず、一般的な貴族とは一線を画した風変わりな生活をしている。

言ってしまえば、城に住まう使用人たちは、ルキウスに対してヴァッサーレンブルグ公爵として遇する準備をいつでも整えて待っているのに、当の本人はそんなことはお構いなしに魔法研究に没頭する生活を送っていた。

けれどもその、ルキウスと使用人との認識の違いにこそ、クロエが入りこむ余地があった。

朝、寝起きの悪いルキウスをどうにか起こして食事を食べさせることはもちろんのこと、適度に風呂に入れ、適度に日の光の下へ引っぱりだすのは、クロエのもっとも重要な仕事だ。

ルキウスに無理やりなにかをさせるなんて、使用人には絶対にできない。

『魔法使いの娘』だからこそ、言いたいことも言えるし、ルキウスが嫌がることでも面と向かって強要できる。

この魔法使いの城で、唯一ルキウスの頭があがらない権力者――それがクロエだった。

「義父さま、健康は大事ですから、ちゃんと目を開けて食べてください！」

日射《ひざ》しがあちこちから射《さ》しこむモーニングルームに、ぴしゃりと叱りつけるクロエの声が響く。

塔の上に引きこもっていた魔法使いをどうにか使用人たちがいる公爵屋敷まで引っぱりだしたものの、椅子の上でまた目を閉じているルキウスを見て、椅子からくずおれないように、あわてて腕を掴んだ。

「こんなに朝日が射しこむなかで寝てしまうなんて……気付け用の苦いお薬を飲ませましょうか？」

クロエは部屋の隅で控える給仕に、お願いという視線を向ける。

すると、今日のクロエがやけに強硬だと気づいたのだろう。ルキウスは観念してくれとばかりに、頭を抱えた。

「コーヒーは嫌だ。紅茶なら飲む」

「紅茶は仕事が終わったあとです。まずは目を覚ましてください」

ぴしゃりとクロエはルキウスの要望をはねつけた。

南方でとれるというコーヒーは気付け薬として珍重されている。寝覚めの悪いルキウスにはちょうどいいからと、クロエが定期的に買いつけているのだった。

「そういえば、紅茶もコーヒーもそろそろ在庫がなくなりそうだったわね……フィーレの商人は次はいつ来るかしら？　ザザ、知ってる？」

エベルメルゲン王国は近隣の国々のなかでは作物の実りが豊かなほうだ。

おかげで、王都から遠いヴァッサーレンブルグでも、たいていの食べ物は手に入る。

しかし、異国の嗜好品《しこうひん》だけは別だった。

珍しい薬、食べ物に宝石、遠い異国の香草――そういった特別なものは一部の行商人だけが扱っていて、簡単には手に入らない。

特にフィーレの商人というのは、風変わりな上に質がいい品物を持ってくるので、クロエは彼らがヴァッサーレンブルグを訪れるのをいつも心待ちにしていた。

黒猫がそっぽ向いてミルクを舐《な》めていると言うことは、市は立ってないと言うことだ。

気まぐれなザザは、人々の間を縫って歩き、空を飛んであちらこちらへと気軽に行ける。この使い魔は城で一番の情報通なのだった。

「ほら、コーヒーに蜜とミルクをたっぷり入れましたからおいしいですよ、飲んでください。それで、今日はこのあと、下の執務室に出向いて書類を見るのを忘れないでくださいね。ヘルベルトが困ってましたから」

「ん……」

クロエは何度も何度も念を押した。

こうまでしないと、次の瞬間には窓から空を飛んで、研究室に戻ってしまうからだ。そうなると、魔法が使えないクロエは、また長い階段を上ってルキウスを連れもどしにいくしかない。

ぐるぐると回る螺旋《らせん》階段は目が回るし、長いし、できれば何度も往復したくない。

だから、やっぱりルキウスを朝食の席で捕まえておかないといけないのだと、クロエは自分で自分に言い聞かせていた。

「ほら、義父さま。ご自分でカップをしっかりとお持ちになってください」

クロエはコーヒーのカップをルキウスの手に無理やり持たせて、自分は立ちあがり、ルキウスの背に回った。周りの使用人も心得たもので、銀のトレイに香油と櫛を載せてクロエに差しだす。

「すこーし、髪を引っぱりますからね……」

声をかけながら、クロエはルキウスの髪に櫛を挿し入れた。

光に透かすと溶けてしまいそうな、綺麗な髪だ。本人は大して手入れもせず、ひどい寝方をしていたくせに、櫛を通すとため息が出るほど綺麗だなんてずるい。

髪を梳かすなんて食事の席ですることではないが、放っておくとルキウスはひどい格好で城のなかをうろつきかねない。

自分の城だからかまわないとも言えるが、やはり公爵として、必要最低限の体裁ぐらいは整えておくべきだろう。

特に執務室に顔を出せば、ヘルベルト以外の使用人とも顔を合わせるのだから、できれば、美しい公爵の姿を見せたい。身なりを整えておきたい。寝起きそのままの姿と、公爵らしい服装をした上司とだと、部下の心構えも違うはずだ。

そんなもっともらしい理由を心のなかで並べたてながらも、こうして彼の身なりに手を出してしまう一番の理由は、クロエ自身がルキウスの世話をするのが楽しいからだった。

香油を髪にまんべんなくつけて櫛を動かす合間に、ちらちらとルキウスの横顔を眺める。

横から見るとなおさら鼻がすっと高く、頬骨《ほおぼね》の高い顔立ちがよくわかる。

クロエがため息をついてしまう元凶だ。

災厄級の魔法使いと畏れられる一方で、その力を自国に欲しがる国はあとを絶たない。

ルキウスは見た目だけは極上の美青年だし、国からルキウスを誘惑してこいと命令された令嬢のなかには、途中から勝手に入れあげてしまう人もいて、城内の平和を乱していた。

クロエが来るまでのルキウスは、それこそ来るものは拒まずで、気まぐれに女性と情事におよんでいたらしい。

一夜限りの相手をしても、魔法使いは自分の魔法で避妊できるし、「この子はあなたの子よ！」などと押しかけられても、ザザが匂いをかげば、ルキウスの血筋の子かどうかはすぐにわかる。

嘘を吐いた女が泣きながら城を出ていくという愁嘆場は、ありふれた日常だったのだと言う。

――なんてうらやましい……。

クロエからしたら、一夜でいいからルキウスのお相手になりたい。

どうしてその、来るものは拒まずのころのルキウスに出会えなかったのだろうと、ときどき悲嘆に暮れてしまう。

半分以上は私情が入り交じりながらも、義父さまの力を狙うご令嬢からの誘惑を断ること――これはクロエの仕事のなかでももっとも重要な仕事になっていた。

ルキウスが『否』と言えば、この城ではそれでとおる。

しかし、ルキウスを誘惑しにきた令嬢にそんな理屈が通じるわけがない。身分の高い人が相手では使用人たちの手にあまる事態もあり、そこでもまた『魔法使いの娘』の力が必要なのだった。

――そろそろまた髪を切ったほうがいいかも。

やや伸びすぎた髪のサイドをなでつけると、さっきまでより若く凛々しく見える。

もともとの顔立ちがいいせいだろう。シャツを着替えさせて、縁飾りのついた上着を羽織れば、たちまち美々しい公爵のできあがりだった。

魔法使いが身につけるローブでも、質のいいフェルト地に華麗な模様がついていると、貴族めいて見える。品がいい顔立ちをしているから、豪奢な服に負けないのだろう。

「義父さま、あとでお茶とクッキーを持っていきますから、がんばって執務室でお仕事をしてくださいね」

さっきまで視線の焦点が合わない顔をしていたルキウスは食事を終えたころになって、ようやく目を覚ましてきたようだ。

声をかけると困惑した表情になるのも楽しくて、クロエは満面の笑顔になった。

「私なんかの世話ばかりしていないで、早く結婚相手でも連れてこい」

ルキウスはクロエの頭を軽く撫でると、ため息混じりにモーニングルームを出ていった。

朝から天にも昇るいい気分でいたのに、たった一言で地獄に突き落とされる。去っていく背中を恨みがましい目で見つめて、クロエは大きなため息をついた。

「義父さまは、またそういうことを言う……」

親心なのだろうと言うことはわかっている。本当の父親が生きていれば、同じようなことを言われる年齢だということも。

クロエが十八才になったころから、ルキウスはしきりと『早く結婚しろ』と言うようになった。

『秋の舞踏会には貴族のパートナーを見つけておくから一緒に参加しなさい』

そうまで言われたときは衝撃を受けて眠れなかったくらいだ。もうルキウスが舞踏会でパートナーになってくれないと言われるのは、クロエにとって最後通牒《つうちょう》に等しかった。

ルキウスがつとめていい養父であろうと振る舞い、結婚の話を持ちだすたびに、自分の恋心を否定されているようで辛い。

――どうやったら、義父さまに色仕掛けを成功させられるのだろう……。

クロエは日々、そんなことばかり考えているのに、現実は厳しい。

――その二、ルキウスはクロエに早く結婚しろと迫ってくる。

「早く結婚相手でも連れてこい」というのはつまり、「家（城）から早く出ていけ」という意味だろう。

近いうちに、クロエはまた自分の家を追いだされるのかと考えただけで、胸がつきんと痛んだ。

叔父に罵られ、従姉妹からはなにもかも奪われ、着の身着のまま、ギーフホルン伯爵家を追いだされたときのことがよみがえり、自分の居場所はこの城にもなかったのかと心が沈んでしまう。

養父と義理の娘という関係は、結婚して追いだされたら終わりだろう。

クロエがこの城を出たら、ルキウスはもう二度と会ってくれないかもしれない。そう思うとなおさら、どうにかして一度くらいは思い出が欲しいという、最初の願いに戻るのだった。

抱き枕にして二度寝するくらいしてしまうくらいクロエに甘いくせに、ルキウスのガードが堅すぎる。

――どうやったら義父さまを恋愛モードにできるのだろう。

朝から絶望的な気持ちになったが、このていどの塩対応であきらめるくらいなら、もうとっくに恋心を捨てて城を出ている。

「ザザ、クッキーを焼きに行くから、おいで」

気をとりなおしたクロエは、部屋の隅でミルクを舐めていた翼猫を呼びよせて、厨房《ちゅうぼう》へと向かうことにした。

この手の屋敷では、厨房は階下にある。

食糧倉庫に近い場所にないと不便だからと言うのもあるが、台所作業を屋敷の主人に見せないためでもあった。屋敷によっては、薄暗い半地下に厨房があることも珍しくない。

しかし、公爵屋敷自体が崖伝いに建っているせいだろう。階下にあっても、厨房は明るく、小綺麗《こぎれい》な場所だった。

別室で仕込みをしていた料理長に挨拶をして、ルキウス特製の魔法の冷蔵庫から、保存しておいたクッキーの種を出す。

「義父さまから子ども扱いされるたびに傷つくのに、家族としての距離感を失いたくなんて……わたしがずるいのかなぁ」

種をのべ棒で伸ばしながら、クロエは、ぼそりと小さな愚痴を零した。

城に居場所を作ってくれて、養女にまでしてくれて。

ルキウスからこんなに色々なものを与えてもらったのに、もっと欲しいなんて不遜だろうか。

鏡に自分の姿を映してみれば、背だけは大きく伸びた。

ぼさぼさ髪をして貧弱な子どもだったクロエも今年十八才になる。

こんなに大人になったのだから、ルキウスだって気の迷いで間違いを起こすかもしれない、などと日々妄想してみるものの、なにも起こらない。

クッキーの型を切り抜くように、ルキウスの心も恋愛モードにできればいいのに。

厨房の作業台で、型を抜いて余った生地をまとめながら、机の上に叩きつける。

「義父さまのバカ……」

ぐしゃぐしゃに丸めた生地はクロエ自身の心のようだ。

何度も何度も、好きという気持ちをなかったことにして、『わたしと義父さまは親子なんだから』という感情で上書きしようとしたのに、結局また、ハート型でくり抜いている。

完全に一方的で絶望的な片思いだ。気持ちが通じる見込みすらない。

他人に興味がないルキウスのことだ。

クロエが男性として彼を好きだなんて夢にも思っていないだろう。

――ああ、やっぱり朝、ソファに押し倒されたときにもっとがんばるべきだったのかも……もっともっと……。

抱き枕にされて我慢する以上に、どうがんばれば正解だったのだろう。

ルキウスの城に引きとられてから、クロエはさまざまな教育を与えられた。

字の読み書きだけでなく、エベルメルゲン王国の歴史、算数や領地運営のこと、それに貴族としての振る舞い方も叩きこまれている。

礼儀作法はもちろんのこと、舞踏会で踊るダンスもひととおりこなせるようになった。

博識なルキウスはクロエにさまざまなことを教えてくれたが、ひとつだけ教えてくれないことがあった。

男女の間の秘めごとだ。

——その三、ルキウスを誘惑したくても、その方法がわからない。

それこそ、いまクロエがもっとも知りたくて、もっとも悩んでいることだった。

ルキウスに引きとられて十年。

その十年はクロエにとって短くもあり長くもあり、ルキウスとの距離を縮めてくれた。

行き場所がない子どもだったクロエを、不器用ながらも育ててくれたルキウスには感謝しているし、いまの生活は十分にしあわせだ。

それでも、結婚しろと言われるたびに、ルキウスとの生活に終わりが近づいているのだと気づかされて、ため息を零さずにはいられなかった。

第二章　突然のプロポーズに心は揺れて

クロエが研究室からルキウスを引っぱりだした翌日のこと。

ヴァッサーレンブルグ領の公務を担う執務室とその続きの部屋は、書類の山に埋まっていた。執務室は下の屋敷の三階にある。

もとは大きな広間だったらしく、天井が高く、広い空間には巨大な柱が連なり、開放感がある作りだった。おかげで、官吏が働く部屋にしては瀟洒《しょうしゃ》な作りだ。床は手のこんだ寄せ木細工、天井からはモダンな作りのシャンデリアが垂れ下がっている。

無数の机が並べられ、官吏たちが忙しそうに働く昼間のうちは、ざわざわと舞踏会の雑踏にも負けないにぎやかさが漂っていた。

大広間の最奥、ルキウスが座る机の側にはヘルベルトがつきっきりになり、次から次へと重要書類の説明をしては、どうにか署名をさせている。

山と積まれた書類に署名を入れるのは数日かかりそうだと目算しつつ、クロエもすぐ近くの席に座り、書類整理という名目で、ルキウスが逃げださないように見張っていた。

ヘルベルトよりクロエの視線が気にかかるのだろう。ルキウスはちらちらとクロエを見ては、手を止めそうになっている。

「クロエ……そろそろ、マンドラゴラに水をやらないと……」

「大丈夫です。ザザがさっき水をやっておきました」

「火にかけていた魔法薬が焦げついてしまうかも……」

「朝には火を落として、鍋は灰の上に載せて冷ましてあります。火を落としたのを忘れてしまいましたか？」

ルキウスがなにか言い出すたびに、クロエがぴしゃりと封じてしまうから、そのたびに執務室で働いている人々は笑いを噛《か》み殺《ころ》している。

空中庭園に逃げられてはたまらない。ルキウスと違って自分の足で追いかけるクロエの身にもなってほしい。クロエは断固とした態度を崩さなかった。

「さすがはクロエお嬢さま。ルキウスさまの扱いをさせたら、この屋敷ではもう右に出るものはいませんね」

ヘルベルトの褒め言葉はうれしいが、自分の立場は魔獣使いみたいなものではないだろうか。

あながち間違ってもいない想像をして、書類をめくる手が止まった。

「ヘルベルトだって義父さまの扱いには慣れているではありませんか」

「いえいえ、私などクロエお嬢さまにはおよびませんよ。いっそのこと、クロエお嬢さまがルキウスさまと結婚してくれたら、私どもも安心できるのですが……」

公爵家をとりしきるヘルベルトの言葉は、下の屋敷では十分な重みがある。

ルキウスの扱いに困っているのはヘルベルトだけではないのだろう。使用人たちは、得心がいったようにうなずいている。

――もっと言ってほしい。義父さまのそばにいられるなら魔獣使いでもいい……。

養父の反応はどうだろうと、ちらりと横目で見れば、怒りの形相をしていた。

「ヘルベルト、朝からたわけたことを申すな。クロエにはちゃんとした嫁ぎ先を見つけてやると何度言ったらわかるんだ」

感情が先走るあまり、ルキウスの周りでは星がはじけるように、小さな雷が走っている。

ルキウスは滑らかにエベルメルゲン王国語を話すが、ときおり古めかしい言葉遣いをする。

本人はもう自分の年齢を数えていないらしく、その自覚もないが、ヘルベルトが公式な書類を当たって調べたところによると、四百三十七才というご高齢だからだ。

ルキウスがもともと使っていた言葉は、いまでは中央大陸古語と言われる古めかしい言語になってしまったのだとか。

「と、義父さま。嫁ぎ先だなんてクロエは聞いておりません。ともかく、いまは書類に集中してください！」

書類を燃やされては大変だとばかりに、机上の羊皮紙を奪いとると、またもや執務室の面々から小さな拍手が起きた。

ルキウスが魔法の研究に使う塔とは違い、執務室がある区画は公爵家に仕える面々が多数、出入りしている。

小さな拍手でも広間いっぱいに響いてくすぐったい。

ヘルベルトの下には何人もの書官がいて、ルキウスの署名があがったそばからその書類を分類して、書箱に収めているのだ。このあと、あちこちに書箱を届けることになるのだろう。

公爵家に雇われている官吏——警備隊や運河の管理、税務官などとは当然のように書簡でやりとりしており、秋の収穫期は書簡が行き交う時期だ。

ヘルベルトが主に管理しているとは言え、ルキウスもひととおり領内の問題が頭に入っているらしい。仕事に打ちこんでいる間は、問いかけに対して、まともな受け答えをしていた。

「魔獣の城壁内への進入……畑への被害が多発……ヴァッサーレンブルグでそんなことがあったか?」

「いえ、ヴァッサーレンブルグではそんな報告はあがってません。おそらく、他領で起きたことを注意喚起として回覧状で回しているのでしょう。あるいは、秋の舞踏会で公爵殿下も魔獣討伐に協力してほしいと要請してくる布石かもしれません。国王の性格ならありえそうなことです」

ヘルベルトは国からの通達に対して、冷ややかな感想をつけくわえた。その主従のやりとりだけで、公爵家の使用人たちが国王をどう思っているかがよくわかる。

ヴァッサーレンブルグでは国王よりもヴァッサーレンブルグ公爵のほうが上。

彼らは暗にそう考えているのだ。

実際、ルキウスが嫌そうな顔をしているのは、自分が魔獣討伐ができないという意味ではない。人嫌いのルキウスは、国王に関わって国政の表舞台に立たされるのが嫌なのだ。

仕事をさせればひととおりこなせるくせに、自分の流儀でないことはやりたがらない。ルキウスはそういう、魔法使いにありがちな性質なのだった。

悩みを抱えたものがよくやるように、ぐしゃぐしゃと頭をかきまぜたのを見て、クロエのほうが悲鳴をあげてしまった。

「待って、義父さま！　そうやって無造作に髪をかきまぜないでください」

ルキウスの背後に近づいて、養父の手に触れる。はっと我に返ったルキウスの頬には、せっかくまとめた髪から後れ毛が零れていた。

「髪が長くなっていますから……気をつけてくださいね。目に入ると危ないですよ」

クロエが侍女のひとりに目を向けると、心得たとばかりに銀盆の上に載せた櫛を持ってきた。ルキウスのリボンを解き、後れ毛を丁寧にくしけずって髪を整える。

「義父さまの髪は光のよう……こんなに綺麗なんですから、クロエのためにも痛めないでくださいませ」

やわらかい髪に触れていると、ルキウスに抱きつきたい衝動に駆られる。

子どものころなら人目を気にせずにできたことが、いまはこんなに難しい。

もっとも、クロエの躾《しつけ》にはヘルベルトも厳しかったから、執務室でルキウスに抱きつくなんてことをしたら、お行儀が悪いと怒られてしまうだろう。

そんな明後日のことを考えていたせいで、ルキウスの動きを察することができなかった。

不意に眩しそうな顔をしたルキウスが傍らにいるクロエを抱きよせて、長い黒髪を指に絡めた。

「……わたしのクロエの黒髪だって綺麗だ」

そんな甘い言葉を吐いて、娘の髪の端を手にとり、ちゅっとキスをするのはどこの人嫌いだろうか。

悲鳴を上げると言うより、声もあげずに卒倒しそうになった。

生活面はクロエが面倒を見ないと人間以下のくせに、ふとした瞬間に、この人はヴァッサーレンブルグ公爵なのだと思わされる。

女性の髪に口付けるなんて仕種を、さらりと上品にするのはずるい。

クロエは耳まで真っ赤に染めて固まった。

「と、義父さま……その、そういう……ことは……その、もう少し遠慮してください……」

唐突に距離感を詰めてきたとしても、ルキウスに他意はない。よくわかっている。

たったいま、嫁ぎ先を探すと宣言されたばかりで、ほんの一瞬だって誤解できるわけがない。

そもそも、ルキウスにまともな人の心があるのなら、クロエの気持ちをもう少し察してくれるはずだった。

——そういうところです、義父さま〜〜〜。

突然のゼロ距離の接触は、うれしいのかうれしくないのかで言ったらうれしい。

なのに、素直によろこんでいいかわからない。自分だけがどぎまぎさせられていることを知られたくもない。相反する感情にさいなまれて、クロエは途方に暮れた。

「遠慮しろとはなぜだ？　クロエは私の自慢の娘なのだから、いくらだって自慢していいに決まっているだろう？」

そう言うと、今度は手の甲にちゅっとキスをした。

ルキウスとしては、娘に対して淑女としての敬意を払っているつもりなのだ。

クロエだって元伯爵令嬢で現公爵令嬢だ。ルキウスの娘として公式の場に出向いたこともあるから、手の甲のキスに敬愛以上の意味はないとわかっている。なのに、ルキウスからされたと言うだけで、頭のなかが真っ白になってしまう。

「わ、わたしにだって、義父さまは自慢の義父さまです。でも、義父さま……と、突然そういうことをされると、クロエとしては、困る、と言いますか……」

きゅんとさせられて、心臓が持ちそうにありませんとは、さすがに口にできなかった。

周りの空気が微妙になっている。

周囲にいる官吏たちにはクロエの恋心が筒抜けだからだろう。もっとちゃんと言わないと通じませんよと言う無言の応援を送られている。

がんばれと言われても、これ以上どうがんばったらいいか、わからない。

「困る、とはなぜだ？　お互い自慢の親子だと思っているのなら、なんの問題もないだろう」

ぽすんとルキウスの膝の上に横座りをさせられて、無表情ななかにも愛情をこめて見つめられる。

人前で抱っこされるのはさすがに恥ずかしい年齢だと、何回言ったらわかってくれるのだろう。

子どものころのクロエが、

『親子というのはことあるごとに、ハグをしたりキスをしたりスキンシップをするものです』

と教えたのを、ルキウスはいまだに忠実に守ってくれていた。

——せめて、このスキンシップが違う愛情から来るものだったら、みんなからの生ぬるい視線も耐えられると思うのに……。

いたたまれない。年頃の娘相手にする膝抱っこは過保護ではなく、セクハラではないだろうか。

「私の自慢の娘だからこそ、秋の舞踏会ではちゃんとしたパートナーを見つけて、いい嫁ぎ先を見つけたのだと、国中の貴族にみんなに見せびらかさなくてはな」

ルキウスの親バカ発言に、クロエは凍りついた。

「と、義父さま。その話はお断りしたはずです。パートナーなんて嫌ですし、嫁ぎ先も自分でどうにかします。そもそも、秋の舞踏会にクロエは行きませんから！」

つい強い口調で言い返したとしても、仕方ないだろう。

ルキウスに触れられて少しだけいい気分でいただけに、持ちあげられて急降下した機嫌を、自分でも制御できなかった。

「秋の舞踏会に行かないってクロエ……」

「行く予定もありませんし、ドレスも作っておりません。義父さまがひとりで出席なさってください」

本当は盛装のルキウスが王宮にいるところを見たかったが、嫁ぎ先のパートナーを用意された挙げ句、お披露目《ひろめ》をされるとまで言われると、そんなささやかな楽しみが吹き飛んでしまった。

――義父さま、ひどい。義父さまとダンスを踊るのを楽しみにしていたのに……ひどい。

ドレスをオーダーメイドで作らないのは、いつものことだ。ヘルベルトは毎年ドレスの最新のカタログを持ってきてくれるが、自分のドレスを作るのはどうにも気が進まなかった。

クロエはこの国の令嬢としては平均的な身長と体格をしており、フルオーダーメイドのドレスを用意しなくても事足りるせいだ。

この時期のクロエはルキウスの盛装を準備することで頭がいっぱいだし、普段の生活を考えると華美なドレスは必要ない。

それで、市販のドレスを王都で買おうと考えていたのだった。

しかし、ルキウスのパートナーとして参加できないなら、王宮の舞踏会に行っても仕方ない。

ほかの人を結婚相手候補としてあてがわれるのも嫌だ。

魔法使いの城ではルキウスの発言は絶対だったが、城の主であるルキウスは娘のクロエには弱い。

必然的に、クロエが機嫌を損ねたら、周囲は微妙な空気になる。

助け船を出してくれたのは家令のヘルベルトだった。

クロエの躾に厳しかった一方で、彼は主に甘い。

ルキウスがクロエの機嫌を損ねたのを見て、雰囲気を変えようと思ったのだろう。いいことを思いついたとばかりに手を打って、話題を提供してくれた。

「そういえば、クロエお嬢さま。さきほど連絡が入ったのですが、フィーレの商人が市に来たそうですよ」

どうやら彼は、この時期の市を楽しみにしているクロエのために、街から連絡が来るように手配していてくれたらしい。

話題を変えてくれてクロエとしては助かった。

「ほ、本当ですか？　それはぜひ……すぐに街に行かなくてはなりませんね」

少々大げさな声を出して、クロエはルキウスの膝の上からどうにか逃げだした。

「目当ての商品が売りきれる前にすぐに出かけなくては……義父さま、わたし、買い出しに行ってきますから」

わざとらしく髪を直したクロエは、いそいそと手持ちの書類を書類箱にしまいはじめた。

娘が自分の言うことを聞いてくれなかったからなのか、ルキウスはわずかに不機嫌そうな顔になっている。

「わかっているだろうが……クロエ、門限は十六時だぞ。知らない男に声をかけられても気軽について行かないように。知ってる相手から声をかけられたとしても、街からは絶対出てはだめだ」

ルキウスは渋々といった様子で許可をくれつつも、注意が長い。

何度も聞いた小言をくりかえされたクロエの顔は今度は引きつった。

「ですから、子ども扱いはやめてくださいと何度お願いしたらわかってくださるのですか？　ザザ、行くわよ」

冷ややかな声で言い放って執務室の空気を凍りつかせたクロエは、翼猫を呼びよせると、すたすたと去っていく。

――小さな子どもならともかく、門限だなんて……十八才にもなった娘に対して言う台詞なの？

気にかけてくれるのはうれしいが、クロエが欲しい気づかいはもっと違う類のものだ。

女性扱いしないなら、突然髪に口付けたりしないでほしいし、寝ぼけて抱き枕代わりにするのもやめてほしい。ルキウスの振る舞いで一喜一憂されられたあとに子ども扱いをされると、胸がもやもやしてしまう。

どちらにしても門限までには帰るつもりだし、ほかに行く場所があるわけでもないのがよけいに悲しい。

――娘に過保護すぎるなんて、破滅の魔法使いの名前が泣くわ……。

馬車で街に向かいながら、クロエはふぅ、と小さなため息を零した。

ヴァッサーレンブルグの魔法使いの城の城下――領都・ルクスヘーレンは、王都から離れた辺境にありながらも、白い石畳と白い石造りの家が建ちならぶ小綺麗な街だ。

領都というだけあって、目抜き通りには普段から人が絶えないが、市が立っているときは、いつも以上に人が多い。

その人通りが多い広場に公爵家の紋章がついた馬車が着き、クロエが馬車から降りたときから、ざわり、と人々の間にさざめきが走った。

市が立つ広場は所狭しと幕が立ち、にぎやかな雰囲気が漂っている。

しかし、クロエが通路を歩いていくと、気づいた街の人はさっと距離をとる。視線を逸《そ》らされ、気まずい空間がぽっかりとできる。

仕立てのいいドレスを着ているせいで町娘というには無理があるが、クロエ自身はとりたてて特徴がある娘ではない。長い黒髪は国境付近ではよくある髪の色だし、抜きんでた美人でもなければ、身長だって人混みのなかで埋没してしまう。

人畜無害を絵に描いたような容姿だが、魔法使いの城の城下でクロエに近づく人はいない。

この街では、クロエが魔法使いの娘だと知られているからだ。

傍らには翼猫のザザがふわふわと飛んでいるし、背後にはふたりものお仕着せを着た護衛がついてきている。商人にも護衛はつきものだが、十八の娘がふたりも引き連れているのは、どうにも悪目立ちしていた。

しかも、町の人たちはいまだに忘れていないのだろう。クロエがもっと子どものころ、人さらいに遭って悲鳴を上げたとたん、城から魔法使いが飛んできたことを。

人さらいがクロエを馬車に押しこめようとしたあたり一帯に星の雨が降り注ぎ、馬車や家は壊れ、道には大きな穴が開いた。

死人が出なかったのが不思議なほどの被害を出して、人さらいは半死半生の目に遭った。

異国訛《なま》りの人さらいは、クロエを捕まえてルキウスをおびきだしたかったのだろう。しかし、子どものクロエを捕まえられても、魔法使いの攻撃をかわせなければ、なんの意味もない。

クロエの誘拐未遂事件は街の人に、クロエが魔法使いの娘としてルキウスから庇護《ひご》されていることを強く印象づけた。

公爵領のなかで、クロエが悲鳴の『ひ』でもあげようものなら、すぐにあの怖ろしい魔法使いが飛んでくる——それはヴァッサーレンブルグでは周知の事実だった。

——『魔法使いの娘に手を出してはいけない』

——『恐ろしい魔法使いが飛んでくるぞ』

街の人たちはそう子どもに言い聞かせて育てるからだ。

遠巻きに見られているからと言って、彼らを恨む筋合いではない。

クロエにしてみれば大事な養父だが、子どものころは、クロエ自身、怖ろしい魔法使いだという噂を信じていたのだから。

ただでさえ災厄のごとく怖れられている魔法使いが、前触れもなく飛んでくるのだ。その場に居合わせた者の恐怖は、死に対するそれ以上だっただろう。

クロエとしても、自分の頭に直撃したら即死は免れない大きさの隕石《いんせき》が落ちてくるのを見て、驚いたし恐怖を覚えた。

自分が死ぬという恐怖ではない。

自分が原因で住む家をなくし、親がない子どもができてしまうかもしれない――そして、その原因となったクロエを非難するかもしれないという恐怖だ。

悪いのは人さらいのはずだ。ルキウスは誘拐されそうになった愛娘を助けようとしただけだと、街の人だって理性ではわかっている。

でも、人の感情はそんなに簡単なものじゃない。家を壊された不満は、原因となった人さらいでも、壊した本人ルキウスでもなく、一番攻撃しやすそうなクロエに向けられる。

両親を亡くしたあと、いろんな人から虐げられてきた経験から、そういう街人の心理を、クロエはよくわかっていた。

叔父がギーフホルン伯爵家を支配するようになり、手のひらを返した使用人たちは、叔父やメルセデスから嫌な扱いを受けると、嫌な扱いをするご主人さまでなく、クロエに当たり散らしたからだ。

抵抗する術を持たないクロエは、いい八つ当たりの的だったのだろう。

彼らの扱いと比べたら、魔法使いの城での暮らしは雲泥の差だった。

必要なものは与えてもらえたし、城の人からいじめられたことはない。

ルキウスは縁もゆかりもないクロエを大切に育ててくれたし、そのことには感謝している。

しかし、クロエを取り巻く環境やルキウスの過保護ぶりを見ていると、

――こんな調子で、どうやって恋人とか結婚相手を見つけられるというのでしょうか。

と考えてしまう。商人相手なら、お金を払えば魔法使いの娘が相手でも買い物をさせてくれるけれど、結婚相手というのはお金で買えない。

まともな友だちのひとりもいないというのに、どうして相手を見つけられると思うのか。

世俗に疎すぎるルキウスを、小一時間問い詰めたい。

考え事をしながら歩いていても他の人からよけてくれるのだから、人がごったがえす市のなかでも目的地に着くのは簡単だった。

いくつもの幕営の向こうにフィーレの商人の看板を見つけたクロエは、店先の店員に話しかける。

「こんにちは、品物を見せてもらってもいいですか？」

声に振り向いた恰幅《かっぷく》のいい女将《おかみ》は、クロエの顔を覚えていてくれたのだろう。

さっと目線を向けると、店の者にほかの客を任せて、商品の説明をしてくれる。

「これはこれはクロエお嬢さま。どうぞ、好きなだけご覧になってください。コーヒーと紅茶と山椒《さんしょう》の実もご用意してますよ。ほかに干した果物なんかはいかがでしょうか。このマンゴーというのは大変人気の商品でして……おひとつ召しあがってください」

クロエが受けとった朱色の果物に、ザザがくんくんと鼻をよせる。

普通の動物は店内禁止だが、ザザは魔法使いの使い魔だから特別扱いだ。店員もザザのことを覚え

ているらしく、黙認してくれている。

こうやって買い出しのときにザザがついてくるのは、単なる好奇心のせいではない。毒味のためだった。ザザの鼻は有害なものが入っているかどうかを嗅ぎわける能力がある。

「ん、食べてよし。もし買うなら、俺にもわけてくれよな」

ザザの鼻の許可が出たので、クロエは細長い干しマンゴーを口に入れた。

ふわりと甘い南国の香りが鼻腔《びこう》に広がり、口腔《こうこう》に生唾が湧きおこる。とてもとても甘い。噛《か》み応えがあって、ほんのりと酸味もある。

「これ、とってもおいしい！」

思わず大きな声をあげてしまった。

遠巻きながら周囲の人たちが驚いた顔をして見ている。女将は気を悪くする様子はなく、にこにこと商品の説明を続ける。

「お気に召してくださったようでなによりです。ヨーグルトに入れるとやわらかくなりますし、ケーキに入れてもおいしいんですよ」

「いただくわ！　多めに包んでちょうだい！」

試食をして味を知ってしまうと、頭のなかではもうどんなお菓子にしようかと考えだしてしまう。

「義父さまは甘いお菓子が好きだから……干しマンゴーをたっぷり使ったパウンドケーキにしてあげましょうか。新しい紅茶も手に入ったし」

クロエを客引きがわりに利用しているのはわかっていたが、そのあたりは持ちつ持たれつだと思っている。マンゴーを食べたクロエがうれしそうにしていると、別の客も新しい果物に興味を持ったようだ。店員を質問責めにしている。

しばらくはルクスヘーレンでマンゴー菓子が流行《はや》るかもしれない。

市が立つと新しい商品が街に出回るから、街に活気が出るのだ。

機嫌よく店員との会話を楽しんだクロエは予定通りの品物に加えて、干しマンゴーと新しい香辛料をはじめとして、おすすめ品をいくつか仕入れる。

研究室に引きこもり状態のルキウスだが、自分が知らない品物には目がない。商人のほうもわかっていて勧めてくるから、クロエとしてはやりやすかった。

魔法使いの娘が金払いのいい客であるかぎり、街の人みたいに遠巻きにせず、欲しい品物をおすすめしてくれる。

フィーレの商人の、こういうわりきったところがクロエは好きだ。

荷物はあとでまとめて城へ送ってもらう。箱詰めしてもらい封をする手配まで見届けて、クロエ自身は次の店に向かった。

城下に店舗をかまえるオートクチュリエにルキウスの服を発注していて、そのできばえを確認するためだ。

仕上げの前に一度は城まで来てもらうが、城下まで来たからには進行具合を見ておきたかった。

春と秋には王宮で盛大な舞踏会があり、公爵であるルキウスも当然のように招かれている。

その時期が近づくと、ルキウスの服を用意するのがクロエの仕事のひとつだった。

要望を取り入れてもらった仮縫いを見ながら女主人と打ち合わせをすませたころには、クロエはのどがからからになっていた。

「ありがとうございました」

オートクチュール店をあとにしたクロエは、背後についてくる護衛ふたりと使い魔一匹をちらりと見た。

市は楽しいけれど、ぞろぞろと人を引き連れて歩くのは、どうも苦手だ。

街中の店は顔を知られているから無理だろうが、せめて、流しの商人の市くらいは、ほかの人に交じって気軽に買い物したい。

あるいはもう少し地味な格好で、自分だと知られないように気楽にお茶をしたい。

そんな不穏な感情が顔に表れていたのだろうか。不意に声をかけられた。

「クロエ、久しぶりじゃない。元気だった？」

するりとクロエに近づいて、気安く声をかけてきた女性がいた。

豪奢な服を着ているわけではないが、人目を引く美人だ。

クロエに向かって妖艶な笑みを浮かべている。

濃緑のローブの上に、赤みがかった髪がふわりと広がった。

体の線がわかりにくいローブを着ていても、凹凸のきいた素晴らしい体型がうかがえる。男性なら、一度は振り返ってしまう魅力的な女性だと思うのに、街行く人たちは彼女に特段の注意を払っていなかった。

魔法である。人に注意を引きつけるチャームとは正反対に、自分が魅力的ではないという幻惑をかけているのだろう。服装や顔立ちより、その魔法こそが彼女が誰だかを物語っていて、クロエは弾かれたように表情を明るく変えた。

「モーガン！　お久しぶりです。お元気でいらっしゃいましたか？」

「ええ、もちろん。ルクスヘーレンに市が立つ時期だと思って買い物にきたの。フィーレの店はもう見てきた？」

「もちろん！　モーガンも薦められたかしら？　マンゴーとかいう南国の果物を干した食べ物。とってもおいしかったの」

知り合いに会えたうれしさで、クロエは気づいていなかった。

腕をとられて歩きはじめると、護衛が違う方向に歩いていったことに。

ザザだけが不承不承といった様子で羽を仕舞《しま》い、普通の黒猫の姿になってついてくる。

これも魔法だ。モーガンは幻惑の魔法を得意とする魔法使いで、ルクスヘーレンの街人を騙《だま》すくらいお手のものなのだ。

彼女はルキウスの古い知人で、クロエとも子どものころからの顔見知りだ。

初めはモーガンとクロエが話すのを嫌がっていたルキウスだが、クロエが大きくなるうちに、女性にしかできない相談もあると気づいたのだろう。

ふたりだけの会話を黙認してくれるようになった。

モーガンのほうもクロエとの会話を楽しんでくれているようで、ときおり会いにきてくれた。

「たまには、私とお茶でもどう？」

ウィンクをしながら誘われる。女同士でもどきどきしてしまうくらい、モーガンは魅力的な表情をする。クロエはその誘いに一も二もなく乗った。

久しぶりにガールズトークをしたいという気持ちもあったが、それ以上に切実な理由があった。

当然、ルキウスのことだ。

——モーガンなら、相談に乗ってくれるかもしれない。

ここで会えたのも運命だろう。クロエの悩みは、女性なら誰にでも話せるような内容ではないから、相手を慎重に選ぶ必要がある。

——でも、彼女になら話せるし……魔法使い《ルキウス》で悩んでることは魔法使い《モーガン》に相談したほうがいい。

そう判断したクロエは、モーガンとともに護衛をまいて、目抜き通りから一本奥まった場所にある食事処へと向かったのだった。

大きなマロニエの木が目印の食事処は『マロニエの隠れ家』という。

晩秋になれば金色の葉が石畳に落ちて、店は金色の海に浮かんでるかのように見える。モーガンと会うときにはよく使う、お気に入りの店だった。

「いらっしゃいませ……あれ、クロエ……久しぶりじゃないか」

チリンチリンとドアベルが音を立てると、店員が出迎えてくれた。

気のよさそうな笑みを浮かべた男の店員だ。白いシャツを着て黒いエプロンを腰に巻いた姿は様になっている。

魔法がかかっているはずなのに、なぜかクロエに気づいたらしい。

あわてて声をひそめ、周囲の様子をうかがう。

「ばっ、マイカ、しぃいいー……！　ばれないように来てるんだから、名前で呼ばないで」

クロエが人差し指を唇に当てると、マイカと呼ばれた青年はジェスチャーで申し訳ないとばかりに手を合わせた。

マイカは街のなかでは唯一と言っていい幼馴染みだ。

子どものころから街に来るたびに顔を合わせていて、クロエのことを後ろ指を指さないでくれる数少ない知り合いだった。

「悪い悪い。店のなかには聞こえてないって。窓際の席でいいか？」

マイカは木製のメニュー表を手に狭い通路を案内すると、クロエとモーガンを人目につきにくい席へと案内してくれた。

もう昼時とあって店内には何組かの客が好きな席にまばらに座っているが、まだ満席というほどではない。奥まった席をモーガンに勧めて、クロエが手前に座ると、その足下にザザがくるんとしっぽを巻いて寝そべった。

「本日は魔獣ギガントのシチューがおすすめでございます」

すっとメニューを差しだす仕種は様になっている。

人懐こい笑みを浮かべた青年を目当てに通う人もいるのだろう。マイカは甘い顔立ちの好青年だった。

「ギガントって……まさかマイカが仕留めたの⁉」

メニュー表に書かれた小さな絵を見て、クロエは目を瞠ってしまった。

大きな巻角を持つ魔獣の絵は戯画化されてかわいいが、実物は六メートルを超える巨獣だ。

特定の処理を施すとおいしい肉になるため、食用としては人気があるが、簡単な攻撃魔法を使ってくるし、物理的な攻撃力も高い。

A級指定のついた危険な魔獣だった。

「いやいや、この辺でギガントを倒せるのはヴァッサーレンブルグの魔法使いだけだから。この間から城壁に傷をつけられていたんで街から報告を上げていたんだけど、先日倒してくださって、数軒の店で分けるようにって下賜していただいたんだ」

マイカは手振り身振りを交えながらにこにこと話してくれる。

しかし、クロエとしては初耳だ。

「義父さまはずっと塔に引きこもっていると思ったのに……いつのまに危険な魔獣退治なんて出かけていたのかしら……そういうときは一言言ってってあれほどとお願いしてあるのに……もう……」

研究室を訪ねたときに異臭がしたのは、魔獣の肉処理のせいだと、いまさらながら気づく。

「破滅の魔法使いにとってギガントの一匹や二匹、倒すのは朝飯前だからだろ？」

きょとんとした顔のマイカは、クロエがなにに怒っているのか、わからないといった様子だ。

危ないか危なくないかで言ったら、ルキウスにはまったく危なくない。それはクロエにだってよくわかっている。

「義父さまにとっては簡単なことかもしれなくても……そういうときは、一言かけて出かけていくのが家族って言うもんでしょう⁉」

どうりでいつになく眠そうにしていたはずだ。ただ研究に没頭していたのではなく、魔獣退治のあと徹夜で魔獣の肉処理にかかっていたのだろう。

魔獣は殺害したとしても、そのままでは食べることができない。

体内に強力な魔力があり、人間には毒になるからだ。肉の下ごしらえとして特定の魔法薬で処理する必要があり、当然のことながら、ヴァッサーレンブルグではその魔法薬もルキウスが作っている。

城壁を壊して危ないから、増えすぎた魔獣を討伐するのはルキウス。

その魔獣を食べられるように処理するのもルキウス。

壊れた城壁に魔獣よけの魔法をかけるのも、当然、ルキウス。

子どものころは、なんでもできる義父さまが自慢だったし、どう贔屓目《ひいきめ》に見ても、いまもすごいのだが、なんでもかんでも、ひとりでこなしてしまうルキウスに負担がかかりすぎてないだろうかと心配になってしまう。

——書類仕事をさぼってるのかと思って怒っちゃったじゃない……義父さまったら……。

ヘルベルトは魔獣討伐の件を知っていたのだろう。街の店に獣肉の割り当てをしたのは彼のはずだ。それなら、仕事のできる家令が、ぎりぎりまでルキウスが塔から下りてくるのを放置していた理由にもなる。

「わたしひとりが勝手に義父さまがサボってたと思っていたなんて……」

連れがいることを忘れて気落ちしてしまった。

「あとでたっぷり叱っておけばいいじゃない。クロエに怒られて凹《へこ》むルキウスなんて、滅多に見られるもんじゃないわ。見物に行こうかしら？　シェファーズパイもいいけど……やっぱりおすすめのギガントにするわ。魔獣はどこでも食べられるわけじゃないものね。デザート飲み物付きでお願い」

モーガンにさきにメニューを決められてしまい、クロエもあわてて同じメニューを頼んだ。

「ギガントのシチューはパイ皮包みになっていて食べでがあるの。パイ皮を割ってシチューと一緒に食べるとバターの風味とシチューの旨味《うまみ》が合わさって、とてもおいしいのよ」

女友だちと呼ぶには年齢が違うけれど、普通の友だちがいないクロエにとっては、モーガンはかぎりなく友だちに近い存在だ。

しかも、姿変えの魔法を使ってくれるから、街の人からは魔法使いの娘だと気づかれないというのもいい。

マイカには気づかれてしまったが、ほかの客の目には、モーガンとクロエが市にやってきた普通の町娘に見えているはずだった。

その気楽さが、自然と気持ちを打ち明けやすくしてくれたのだろう。

「あの……あのね、モーガン。ちょっと……義父さまのことでご相談があるの……聞いてくれる？」

店員に注文を伝えたあとで、クロエは思い切って切りだした。

クロエの表情ですべてを察したといわんばかりに、モーガンはにやにや笑いを浮かべる。

「ふーん……相談って言っても、結婚相手が決まったからルキウスを一緒に説得してほしいなんていう話じゃなさそうね」

からかうように言われて、クロエはかぁっと頭に血が上るのを感じた。

子どものころから何度か会っているから、モーガンには知られているのだ。クロエがルキウスのことを父親としてではなく、ひとりの男性として意識していることを。

「そ、そんな相手がいたら、とっくに城を出てるはずでしょう⁉」

思わず大きな声を出してしまい周囲を確認してしまったが、モーガンの魔法がちゃんと働いているからなのだろう、特に注目を浴びている様子はなかった。声をひそめて話を続ける。

「……義父さまのことなの。最近、早く結婚相手を見つけて城を出ろって言うようになって……」

思いだすだけで、身体がぞわりと震える。

好きな人から結婚相手をあてがわれるなんて嫌だ。でも、自分で相手を見つける術もない。それでいて、城を出て、ひとりで生きていけるような職もない。

このところのクロエの思考はそこで止まる。

結局のところ、自分はギーフホルン伯爵家を追いだされたときから、なにも変わっていないのだろう。ルキウスの庇護がなければ、行く場所がない子どものままなのだ。

ふぅ、とクロエが落胆のため息を吐いたときだ。

「じゃあ、クロエ。俺と結婚しようよ」

いつのまに話を聞かれていたのだろう。

マイカがにこにこと笑いながら唐突にプロポーズしてきた。

「は……え？　ええっ⁉」

クロエが驚いている間に、カートの上からパイ皮包みのココット皿をテーブルに移したマイカは「お熱いですからお気をつけて」という店員らしい心遣いも忘れない。

熱したバターの香ばしい風味がふわりとテーブルの上に漂う。

パイ皮包みのギガントのシチューは牛肉に似た風味のギガント肉をベースに香味やきのこ、芽キャベツといった野菜を一緒に煮込んでおり、旨味は強いのに牛肉よりも獣くさくないのが、なによりの売りだった。

「俺もそろそろ身を固めろって言われていて……クロエさえよかったら一緒になってほしいな。俺と一緒にいたらおいしい料理だけは保証する」

さらりと言うマイカにウィンクされ、クロエは思わず頬を赤く染めた。

おいしそうなパイ皮包みのシチューを前にして言われると、説得力がある。

それはそれで大変魅力的なお誘いではあったが、予想外のプロポーズにクロエは頭が真っ白になっていた。

「いえ、でも……マイカ……わたし、全然、そんなこと考えたこともなくて……」

なのに、プロポーズされたことで、結婚が自分の決断にかかっていることを初めて自覚した。

マイカのことは嫌いじゃない。街の人なのに普通にクロエに話しかけてくれると言うだけで、好感度はとても高い。

でも、ロマンス小説のように、どきどきするような恋愛相手なのかと言われると、そんな雰囲気になったことはない。

そこまで考えて初めて、結婚相手と恋愛相手は違うのかもしれないと気づいたのだった。

「うん、そうだろうと思ったから言った。ルクスへーレンは大きな街だから自由恋愛も多いけど、辺境の村じゃ、村同士の取り決めで会ったその日に結婚させられたりするだろ？　うちもいつ親が結婚を決めてくるかわからないし……クロエはどうかなって」

マイカの話を聞いて、クロエは思いだした。ヴァッサーレンブルグ公爵家に勤める侍女で、村の都合で結婚させられたくなくて逃げてきた娘がいたのだ。

親同士、あるいは村同士の取り決めで結婚が決まるなんて珍しい話じゃない。マイカの言うように、顔見知りのほうが結婚しやすいというのは、ごく普通の求婚理由なのだった。

――性格は穏やかで、料理が得意な旦那さまというのは超優良物件なのでは!?

むしろ、なんでいままで独身だったのだろうと思うくらいだ。

突然現れた選択肢に動揺が隠せない。

そんなクロエの心情を察したのだろう。モーガンが冷やかすように会話を繋いでくれた。

「あら、悪くない話じゃない。店員さんはクロエより少し年上くらいかしら？　おいしい料理を食べさせてもらえるなんて……私なら迷うことなくプロポーズを受けちゃうわぁ……」

――確かに。

マイカはクロエの三つ上だったはずだから、今年二十一才になる。

クロエはいま公爵令嬢という身分だから、爵位がない相手と結婚するには、貴族院の手続きが必要なはずだ。

言い方を変えれば、問題はそれぐらいだ。

昔から知っているから、いまさらルキウスやクロエのことを説明する必要がないという点でも、悪い相手ではなかった。なのに、クロエの口から出てきたのは、

「で、でも……義父さまが……なんていうか……」

という、なんとも煮え切らない返事だけだった。

唐突だからとか頭が真っ白だからとか、理由をつけているけれど、本当は違う。ルキウスだって、マイカからプロポーズされたから結婚すると言えば、祝福してくれるかもしれない。

でも、クロエはルキウスの祝福が欲しいわけじゃない。むしろ、否定してほしいのに、否定してくれないから問題なわけで。

「公爵殿下と言えば、クロエがさらわれそうになったときは飛んできたからなぁ……あのときは本当に驚いたよ。伝説に聞くあの星の雨をこの目で見るとは思わなくて……クロエにプロポーズなんてしたら、俺、殺されちゃうかな？」

マイカは昔のことを懐かしそうに話す。

そう、マイカはクロエが誘拐されそうになった場に居合わせていた。

異国の人さらいのなかには魔法使いがいて、マイカが体当たりして隙を作ってくれなければ、クロエは叫ぶことすらできなかった。

あの星の雨を見てさえ、クロエと結婚してもいいと思ってくれる相手は多分、そう多くない。

ルキウスの魔法は、それぐらい圧倒的な恐怖を見るものに植えつける。

「いますぐ返事が欲しいわけじゃないけど、次に街に来るまでには考えておいて」

マイカはプロポーズを口にしたとき同様、気軽な調子で言うと、店の仕事に戻っていった。

店内には次の客も入ってきて、お昼時のにぎわいを見せていたが、裏通りにあるからだろうか。市が立っている時期にしてはのんびりした空気が流れている。

それはマイカの性格とよく似ていて、クロエはいつも落ち着くのだった。

「魔法使いは一度戦闘にのめりこむと我を忘れてしまうから……星の雨に当たらなかったのは運がよかったわね」

テーブルを離れたマイカの背中を見つめながら、モーガンがぼそりと呟《つぶや》く。

女性らしい丸みを帯びた頬と紅を引いた唇が、一瞬色褪《いろあ》せて遠くなったかのようだった。

奥行きが長い店は昼でも薄暗い廊下があり、格子窓の外に広がる中庭の緑とは光と影のように対照的だった。モーガンは視線のさきにいるマイカを見ているのに、彼の話のなかの星の雨を見ているかのようだ。

彼女の視線はもっともっと遠くに向けられていた。ルキウスも同じ表情をするときがあるから、わかる。

――遠い過去を思いだすときの顔だ。


その昔、魔法使い同士の大きな戦いがあり、世界は一度破滅した。

世に言う魔法大戦である。

そのとき星の雨をいくつも降らせて、大陸をぼっこぼこにした魔法使いがルキウスだ。彼の『破滅の魔法使い』という二つ名の由来である。

おかげで、もとからいた動物たちの大半は死滅し、魔力を帯びた魔獣しかいない世界になってしまったのだとか。

魔法大戦が終結したのち、災厄級の力ある魔法使いたちは離れた場所に城を築き、不可侵の誓約を交わした。もう二度と、世界を破滅させることがないようにと――。

現在確認されている災厄級の魔法使いたちは七人。モーガンもそのひとりだ。

ルキウスとモーガンはかつて魔法で殺し合った相手であり、古馴染みでもある。

ふたりの関係が本当はどのようなものなのか、クロエには知る術がない。ふたりの過去には立ち入れない。

そういうとき、クロエはとても、もどかしい気持ちになる。

人嫌いのルキウスでさえ、ときおり淋《さび》しそうな顔をするのだから、モーガンだって淋しいのだろう。

クロエはときどきそんなふうに感じて、どうにかその淋しさをやわらげる言葉をかけたいと思いながら、でもうまい言葉が浮かばないまま、ぱりっとナイフで穴を開けたパイ皮を剥《は》ぎとり、シチューをつけて口に運んだ。

災厄級の魔法使いは、ひとりでも国を滅ぼしかねない力がある。

しかし、魔法大戦で大陸を破壊し尽くしたことを魔法使いたち自身も後悔したのだろう。

いまは大陸のあちこちに離れて居城をかまえ、お互いに干渉しない。世俗にもほとんど干渉しない。

一方で、魔法使いのほうで為政者と仲よくする気がなかろうと、自国に災厄級の魔法使いがいると言うだけで、他国への牽制《けんせい》になる。

クロエが大きくなってわかった『大人の事情』――ルキウスが公爵位を授けられた由縁だ。

その証拠にエベルメルゲン王国は、ルキウスが国境近くに城をかまえてから、大きな侵攻を受けていなかった。

魔法使いの城に攻め入る勇者はいないから、その庇護を求めて人が集まり、ヴァッサーレンブルグ公爵領に人が集まる。

そのくせ、ルクスヘーレンの周辺に住む人々は魔法使いをひどく怖れていた。その怖れが高じて、人身御供を差しだすことで自分たちを守ってもらおうと考えたのだ。

クロエの叔父が『古い盟約に従ってギーフホルン伯爵領から差しだす使用人です』などと言って、クロエを魔法使いの城にやろうとした理由はそれだ。

ヴァッサーレンブルグ公爵領に隣接しているギーフホルン伯爵領は、もっとも破滅の魔法使いの恩恵を受け、もっとも畏れ、魔法使いがいなくなることもまた同じくらい怖れていた。

一方的にルキウスを畏れ、人身御供を差しだしておいて、庇護だけは与えてほしいなんて、自分勝手にもほどがある。それでも、ルキウスは人間の世界の爵位を受け入れ、公爵としてヴァッサーレンブルグを治めている。

「ルキウスはもともと貴族の出だったから、爵位に抵抗がなかったのかもね」

とはモーガンの台詞だ。

ルキウスが、いっそ、若い娘の純潔を差しだせと命じるような領主だったら、ことはもっと簡単だっただろう。

花嫁の初夜権を欲しがる領主の噂を聞いたときは、軽くため息をついたものだった。

合法的にルキウスと寝られるなんて、なんて素晴らしい法律だとさえ思う。

いま思えば、クロエはルキウスに差しだされた人身御供だったのだから、ルキウスの寝所に侍《はべ》ってもよかったのではないだろうか。

子どものころなら、人恋しいからという理由だけでルキウスのベッドに潜りこめたのに、いつからそんな理由でできなくなったのだろう。

クロエには朝起きて夜寝る規則正しい生活をさせたくせに、自分はいつ寝るかわからない。寝室にさえ寄りつかない。そんなルキウスの寝込みをどうやって襲ったらいいのか、クロエごときの恋愛スキルでは難易度が高すぎる。

「いい青年じゃない。ルキウスのことも知ってるなんて、破格の条件よ」

クロエが二口目のパイ皮を飲みこんだころには、モーガンはもういつもの彼女に戻っていて、にっこりと笑って言う。

「そうかもしれない……マイカと結婚する人はしあわせになれそう……」

結婚すればルキウスのことをあきらめられるだろうか。

そんな考えが頭を過ぎるのに、心の奥底で遠い日に見た星の雨がよみがえる。

恐くて怖ろしくて、ルキウスは本当に破滅の魔法使いなのだと知った瞬間、それでも、クロエは怖ろしいルキウスの顔が美しいと思ってしまった。

「もし、わたしが結婚して城を出なければいけないとしたら……その前に一度だけでいいから、義父さまに抱かれたい……それはやっぱり、ただの我が儘かしら」

――そう、わたしはお義父さまが好き。ただの一度でいいから、娘じゃなくてひとりの女として見てもらいたい……。

もし、この恋が叶《かな》わないのだとしたらなおさら、一度くらいはルキウスと添い遂げたかった。

「我が儘おおいに結構じゃない……女の側にだって性欲はあるんだから。いいわ、クロエの願いを叶えてあげる。そろそろ王宮の舞踏会の時期でしょう？　私がとっておきの魔法をかけたら……きっとルキウスだって引っかかるわよ？」

モーガンは黒目がちな瞳でウィンクをしてみせる。

「それでお願いします！」

クロエは前のめりになって、モーガンの手を掴んだ。

それが、一種の契約の働きを果たしたなどという自覚もないまま。

――契約完了。と囁いた声は低すぎて、クロエの耳にはため息にしか聞こえなかった。

紅を引いた唇を弧の形にしてモーガンが微笑むと、艶っぽい笑みは蠱惑的をとおりこして、どこか邪悪にも見える。

モーガンに相談したのは本当に正しかったのだろうかと一瞬怯えたが、クロエにはほかに手段がない。

――義父さまとの一夜を手に入れるためになら、魔女とだって手を組んでみせる。

食事を終えたクロエはマイカから「また来てね」と笑顔で見送られながら、通りへと出た。

見上げれば街のどこからでも魔法使いの城は頭上に聳えたっている。

その突き刺すような塔が恐かったはずなのに、いまは城がいつものとおり街を睥睨する姿に、ほっとする自分がいた。

第三章　自分ではない誰かに変身して誘惑するのはありですか？

国境に隣接するヴァッサーレンブルグ公爵領から遠く離れた王都。

エベルメルゲン王国の王宮では、国王とその廷臣たちの間で、ひそかな企《たくら》みが進んでいた。

「いつになったら、余は我が国の令嬢が破滅の魔法使いルキウス・メルディン・フォン・ヴァッサーレンブルグの妻におさまったという吉報を聞けるのだ」

細長いテーブルのもっとも上座では、背もたれが高い特別な椅子に座るエベルメルゲン国王が、いらだたしげにテーブルを叩く。

昼間だというのに、薄暗い室内で話しているのは、万が一にも企みが外に漏れるのを防ぐためだ。

城の奥にある『宮廷の間』には、王宮仕えの魔導士たちが幾重にも防御魔法を施し、災厄の魔法使いたちに知られたくない議事進行のときに使われていた。

エベルメルゲン王国は破滅の魔法使いルキウスの城が国内にあるがために発展してきた。

現在、大陸の覇権を競う五つの国はみんなそうだ。

災厄の魔法使いの城があるからほかの国から畏れられ、結果的に発展してきた。そんな経緯があるから、どこの国も魔法使いたちとの関係には神経を尖《とが》らせている。

もっとも、権力を握っている王族というのは、彼ら自身、我が儘なものだ。

特に年をとった国王は、魔法使いに頭を下げるのにうんざりしているのだろう。廷臣たちがうまく諫《いさ》めないと魔法使いに対して居丈高な態度で命令しかねないから、本当に神経を尖らせているのは国王と魔法使いの間を保つ部下たちだった。

いまのところ、ルキウスは国王に対して明確な敵意を見せることはなく、ヴァッサーレンブルグ公爵として国境に収まってくれている。

しかし、気まぐれなルキウスがいつ城を別の場所に移すと言い出すのか、わからない。

百年ほど前、災厄の魔法使いと決裂したがゆえに滅んでしまった大国があった。

それ以来、災厄の魔法使いを抱える国はどこも、魔法使いの機嫌とりをすると同時に、どうにか王族との結びつきを強められないかと画策するようになった。

ルキウスに対しても例外ではなく、特に彼が顔を出す秋の舞踏会は、女性たちによる熾烈《しれつ》な誘惑合戦が繰り広げられるのだった。

「魔法使いルキウスは滅多に城から外に出ないだけでなく、最近は女遊びを控えるようになってまして……」

「国一番の美女、肉感的な熟女や初々しい蕾《つぼみ》のような娘と、さまざまなタイプを仕向けたはずだろう？　余が誘惑されていたら、すでに百回は国を傾けているぞ……女たちは手を抜いてるのではあるまいな？」

国王の個人的な感想に、廷臣たちは一瞬目を逸らしたが、事実は事実だから仕方あるまい。

ここにいる者たちはみな、自分が誘惑された美女をルキウスの元に送りこんでいる。

彼女たちの手練手管に感心して、この女ならヴァッサーレンブルグ公爵を誘惑できるかもしれないと思ったからこそ国からの重要な指令を託したのだ。

自分ならとっくに籠絡されているというのは、ここにいるすべての者の一致した意見だった。

「破滅の魔法使いの噂はさておき、ヴァッサーレンブルグ公爵は見た目は美しい青年ですから、実物を見た令嬢たちのほうは、案外乗り気になって誘惑しております。手を抜いていると言うことはありません」

壮年の廷臣たちにしてみれば面白くない話でもあるが、これもまた否定しがたい事実だった。

最初は嫌がっていた娘でも、ルキウスの顔を見たとたん、魔法にかかったかのようにダンスを申しこみに行くのだから、国王の提案はただの命令ではなく、令嬢たちにも実利があるのだろう。

「ルキウス本人を籠絡するのは後回しにしてはいかがでしょう?」

話の成り行きを見守っていたひとりが低い声で提案した。

廷臣たちのなかでは一番若く、ずっと黙っていた男だ。それだけに、王をはじめとして、『宮廷の間』にいた残り十一人の面々は、その提案に引きこまれていた。

「彼は養女にした娘を大層かわいがっているとか。その娘を王子の妃《きさき》にすれば、ルキウスをこちらの意のままに操れましょう。実はこの件に力を貸してくれるという魔法使いがいまして……」

――ルキウスもクロエも知らないところで、ことはひそやかに動いていた。

† † †

一方、王都から離れたヴァッサーレンブルグの魔法使いの城は、その日、朝から慌ただしい空気が流れていた。

「義父さま……今日は早く起きてくださいませ。起きてくださらないとクロエがキスしますよ？」

ルキウスの寝室に足を踏みいれたクロエは、自在を使って天窓を開け、カーテンを開け放つ。

魔法使いが苦手な朝の光をたっぷりと部屋に満たすと、クロエは朗らかな声を響かせた。

今日はベッドで寝ていてくれてなによりだが、だからといって彼の寝起きがよくなるわけでもない。

ここからがクロエの戦いなのだった。

こうやって起こすのが嫌いなわけではない。

しかし、朝になったら起こしてあげて、一緒に朝食をとって、季節の舞踏会用の服を見立てて、という生活は、妄想のなかの新婚生活とどう違うのだろうとは考えてしまう。

父親ぶったルキウスが、結婚相手を探せなどと現実を突きつけてくるとき、その結婚相手がルキウスではなぜダメなのだろうと、クロエは軽く千回は思っている。

「義父さまぁ?」

もう一度、ルキウスの体を大きく揺さぶると、少しは眠りが浅くなったのだろう。

「……ああ、わかっ……た……」

ぼんやりとかすれた声が布団のなかから返ってきた。

こんなに間近で耳元に囁いて、クロエなりにルキウスを誘惑しているつもりでも、返ってくるのは寝ぼけた返答だけ。

自分の存在などルキウスを誘惑するほどの魅力はないのだとわかるようで悔しい。

膝をベッドの端にかけて、ルキウスの上掛けを少しずつずらす。

「とーうーさーまー?　本当にキスしますからね?」

クロエはもう引き返さないという覚悟で、ルキウスの鼻先に唇をよせた。

ちゅっ、と軽く鼻に触れるだけで心臓が壊れてしまいそうだ。白金色の髪に指を挿し入れて、

「義父さま?　まだ、目が覚めませんか?」

次はどうしてくれようとにじりよった瞬間、ルキウスの睫毛《まつげ》が震えた。

氷のような瞳がぼんやりと開く。寝ているときでも作りものめいて美しい顔立ちが、目を開けると、なおさら人形めいて妖しく美しい。

「………クロエ、まぶしい……」

「朝ですから当然です。日の光を浴びると目が覚めますよ?　はい、目覚めのお茶をどうぞ」

今日は至れり尽くせりの待遇で甘やかして、ルキウスのご機嫌をとる方針だ。

ルキウスが好きな茶葉でお茶を淹《い》れておいたのだった。

蜂蜜とミルクを入れた甘い紅茶は、香りだけでも十分気を引いたらしい。長い髪をうっとうしそうにかきあげて、ルキウスが体を起こした。

白い寝間着を着ただけの格好なのに、髪をかきあげる姿は色気たっぷりで、クロエのほうが恥ずかしくなってしまう。間近で見ているのは目の毒だと思って、ふぃっと顔を背けたとたん、その横顔にちゅっと口付けをされた。

「おはよう、クロエ」

したり顔で挨拶されたところを見ると、本人としては、さきほどのクロエへの仕返しのつもりなのだろう。

確かに十分仕返しになっている。真っ赤に頬を染めたクロエは、

「では朝食の準備を頼んできますから、早く起きてきてください。今日は忙しいですよ！」

目線を合わせないまま、ばたばたとルキウスの寝室をあとにする。

自分でもよくわかっている。ルキウスを誘惑できないのは、クロエが男性を誘惑する所作に慣れていないからだと。

一方で、ルキウスのほうはクロエ相手となると、子どもをあやしているような感覚なのだろう。

いつだって余裕綽々《よゆうしゃくしゃく》だった。それが悔しくて、それでも不意打ちに触れてもらえるのがうれしくて、

やっぱり心が乱れる。

クロエに対するルキウスの態度を、子ども扱いじゃない恋愛モードにさせるのは難易度が高い。

正直に言えば、ルキウスが『よき義理の父親』以外の仮面をかぶっているところを、クロエは見たことがなかった。

人間としてはダメな生活を送っているルキウスだが、養父としては文句のつけようがない。

クロエが一緒に寝てほしいと言えば叶えてくれたし、研究室にこもっていてもクロエだけは入れてもらえたから、ひとりで淋しい思いをしたことはない。

公爵家は裕福で生活に困ったことはないし、ヘルベルトをはじめ、公爵家の人々にはよくしてもらっている。

いまの生活のなにが不満なのかと問われれば、不満などなかった。

——わかっている。義父さまが欲しいというのは、わたしの単なる我が儘だ……。

自覚があるだけに、不意にルキウスに触れられると胸がつきんと痛む。

それが父親を裏切ろうとしている罪悪感なのか、自分の実らない恋心のせいなのか、クロエにはよくわからなかった。

ルキウスが起きると、本格的に魔法使いの城が動きだす。

次から次へと、クロエにも問い合わせが入るようになった。

「クロエお嬢さま、朝食がさきですか？　湯浴みの準備をはじめてもよろしいでしょうか？」

「着付けの手伝いにクチュリエが到着しております。控えの間はどこを使いましょう?」

「出立のお時間まで、荷物の積みこみが間に合いそうにありません。後発の馬車と分けますか?」

普段は眠ったように静かな魔法使いの城が、今日は嘘のように騒々しい。

王宮で開かれる秋の舞踏会が近づき、ルキウスが王都に向かうことになっているからだ。

明け方に苦労してルキウスをベッドから引っぱりだしたクロエは、彼が逃げ出さないように見張りながら湯浴みをさせ、朝食を食べさせたあと、身なりを整えるために奔走している。

注文した服はできあがって城に届いていたものの、年に一回かせいぜい二回しか盛装を着ないとあって、どうしても手順が悪くなってしまう。

しかも、完璧主義のクチュリエはこの期におよんで、自分の仕立てた服がルキウスの着こなしにあっているかどうかが気になるようで、お針子たちにときおり直しを要求するものだから、クロエとしては気が気ではなかった。

クロエ自身、普段は城の上階にいることが多いせいだろう。下の屋敷の勝手がわからずに、侍女たちとちょっとしたすれ違いが起きるのも、時間をとられる一因だった。

それでも、ようやく国王陛下から下賜されたカフスボタンやら勲章やらをそろえて盛装を着付けると、普段から見慣れているルキウスの顔がいつも以上に整って見えて、眩しい。

見ているだけで眼福である。

「はい、義父さま。もう動いていいですよ。仕上がりがお体にぴったりでようございました。とても素敵です！　義父さまに似合っております！」

自分で着付けておきながら仕上がりに満足したクロエは、惜しみない賛辞を口にする。

濃紺のローブにケープと頭巾がついているのは魔法使い用の正装だ。

なかは刺繍《ししゅう》飾りのついたジレを着て、首元には白いスカーフを宝石のついたブローチで止める。

外衣に金の縁飾りのついたローブまで纏うのは、あたたかい部屋のなかでは少々暑そうに見える。

しかし、魔法使いたちは自分の魔法で暑さ調整をしており、ルキウスも涼しい顔をしていた。

災厄級の魔法使いにとっては、自分たちの身の回りを快適にするのは、息をするように簡単なことらしい。

濃紺のローブはルキウスの白金色の髪によく映えて、クロエはにこにことルキウスの髪を整える。

長くなった髪をローブと同じ色のリボンで束ねると、どこから見ても完璧に美しいヴァッサーレンブルグ公爵のできあがりだった。

「馬車で行くのですから、従者を置いてけぼりにして、ひとりで飛んでいかないでくださいね」

クロエはわざとらしくケープを整える。こんなときでもないと、ルキウスを着せ替え人形にする機会はないから、大変だったのに気付けが終わって淋しいという気持ちもあった。

「そんなに注意をしなくてもわかっている……クロエこそ、本当に一緒に行かなくていいのか？　ひとりで城に残るほうが危ないだろう。ドレスなら王都でも用意できるし、一緒に馬車に乗るだけでいい……」

「大丈夫です、義父さま。わたしはヴァッサーレンブルグでお留守番していますね」

いきおい、このまま馬車に乗せられそうな気配を感じて、クロエはかぶせ気味に断った。自然な仕種で抱きしめて、頬に親愛のキスをする。

別にルキウスをひとりにしたいわけではないし、本当に留守番したいわけでもない。

ヴァッサーレンブルグ公爵令嬢として、クロエも十四才のときに社交界デビューはしたし、王宮の舞踏会にも参加している。

そこでわかったのは、自分は異端者だということだった。

王都の貴族たちの探るような視線にさらされ、どこかしらルキウスの非になるような失敗はしないかと見定められた挙げ句、田舎者で貴族慣れしてない自分を陰で嘲笑《あざわら》われたという事実は、まだ初心だったクロエを十分傷つけた。

それでも、王宮の舞踏会に参加し続けたのは、ルキウスのパートナーになれるからだ。

いつもなら養父とその養い児という関係でしかないのに、舞踏会の夜だけは特別だ。

ルキウスはクロエを淑女として扱ってくれたし、一緒にダンスも踊ってくれた。

ほかの令嬢の誘いは全部断ってくれたし、歯ぎしりしそうな彼女たちの視線を浴びながらルキウスを独占できることが爽快でもあった。

以前は気まぐれに誘惑してくる女たちにつきあっていたというルキウスも、娘の前で女遊びをするのはよくないと思ったらしい。

クロエがつきっきりでいるうちは、ほかの女と一夜を過ごして、いなくなることはなかった。

その目も眩むようなご褒美につられて、毎年毎年、慣れない王都に出かけていただけのことだ。

なにもなければ、今年もルキウスを独占するためだけに王宮に行っただろう。

もう少し大人になったら、ルキウスのパートナーとしてふさわしい淑女になれるかもという期待は、クロエの都合のいい夢だったのだ。

そんな娘の心情にルキウスが気づいているのかどうか。

「クロエは……私の大事な娘だ。クロエが呼べば、王都からすぐに戻ってくるから」

父親らしい台詞とともにクロエを抱きしめてくれた。

公爵家の紋章がついた豪奢な馬車は当然のように四頭立てだ。

エベルメルゲン王国では公爵以上の身分でなければ、四頭立ての馬車は使えないため、それはステイタスのひとつでもあった。

見栄えのいいお仕着せを着た御者が手綱を操り、馬車がゆっくりと出発したのを見届けると、クロエは急いで門前から城壁の上へと駆けあがった。

背後からふわふわとザザがついてくる。

今回ザザは留守番をするクロエの見張り役として、城に残ったのだった。

急いでといっても、城壁まで行くのは一苦労だ。

馬寄のあるエントランスから屋敷のなかに入り、最初は広い大理石の階段を上り、次に公爵家の上級使用人たちが行き来する屋敷の階段を上りきって、やっと空中庭園に出る。

クロエが下の屋敷と呼ぶ公爵家屋根の高さを土台にして、さらに高い尖塔を持つ魔法使いの城が建っており、その間は眼下が見渡せる城壁になっていた。

谷から吹き上がってくる風が強い。

子どものころのクロエでは、ひとりで空中回廊を歩けなかったくらいの、目が眩むような高さだ。

城壁から身を乗りだすと、ルクスへーレンの街道がよく見渡せた。

息を切らして急いだからだろう。ルキウスが乗っている馬車が、丘を登っていくのが見えた。

自分で決めたことなのに、馬車が小さくなっていくのを見ると、胸がぎゅっと痛む。

——これで本当によかったのだろうか。

——自分がやろうとしていることは、ルキウスを裏切る行為ではないだろうか。

迷いはまだ残っていた。人嫌いで子どもとなんて接したことがなかったルキウスが、不器用ながらもクロエに愛情を注いでくれたことはよくわかっている。

ルキウスを親じゃないと思っているなんて背徳行為だろう。

それでも、このまま子ども扱いされたまま結婚することになったら、クロエはきっと後悔する。だから、たとえ罪悪感を抱えることになっても、それを受け入れる覚悟でモーガンの話に乗ったのだ。

ため息ひとつでは吐きだしきれない感情が渦巻いて、胸壁に頬をあずけたまま、馬車が丘の向こうに見えなくなるまで見守ってしまった。

「義父さま行っちゃった……」

行ったきり戻ってこない馬車は、クロエにも、もう後戻りできないと告げているようだった。

† † †

クロエを城に引きとって十年、ルキウスはよき父親であろうと努力してきたつもりだ。

破滅の魔法使い、ヴァッサーレンブルグの白い悪魔などと言われてきた自分が娘をかわいがるなんて想像したこともなかったが、子どもを引きとってしまったのだから仕方ない。

初めはただ、ヘルベルトに任せきりにする予定だったのに、クロエが懐《なつ》いたのはルキウスだけだった。ルキウスがいないと、傍目《はため》にもわかるほど緊張して青褪めており、クロエが震える手でローブの端を掴んでくると、この娘は自分が側にいないと駄目なのかもしれないと思ってしまったのだ。

さすがに人間らしい生活をするとまではいかないが、娘の要望にはできるかぎり答えてきた。

子どもなんて邪魔なだけだし、いまでも子ども全般が好きなわけではなかったが、自分を慕ってくれるクロエはかわいい。

クロエが城に来てくれたおかげで、少しだけ心境にも変化があった。

一番の変化は、エベルメルゲン国王からの指図でルキウスを誘惑に来る女と気まぐれに寝たりしなくなったことだろう。ヴァッサーレンブルグ公爵夫人の座に収まろうとやってくる女は引きを切らず、ルキウスは顔を覚えたことはない。

四百年以上生きていると、降りかかる火の粉はたいてい自分で振り払えるから、面倒なことには流されておく習慣がついている。

毒を盛ろうと企んでいたり、刺客として送りこまれてきた女はさておき、情欲をかきたてられて拒む理由はない。ときには一夜をともにしただけで女を追い返すような生活をしていたのだが、ある日、その現場をクロエに見られてしまったのだ。

「押しかけてきた女の希望どおり寝てやっただけだ。用事はもうすんだだろう。街までの馬車くらいなら出してやる。殺されたくなかったら、とっとと王都へ帰れ」

女たちはエベルメルゲン国王や廷臣たちに、いったいなにを吹きこまれてくるのだろう。一夜をともにすればもう公爵夫人になれるとでも思っているなんて、愚かとしか言いようがない。

人を呼んで無理やり追いだそうとすれば、女は甲高い声でルキウスを罵りはじめた。

「あんたって最低！　やっぱりヴァッサーレンブルグの白い悪魔ね！　どんなに顔が綺麗でも、人でなしなんだわ！」

何千回何万回と言われてきた悪口雑言に、いまさら傷つくわけもなく、「すぐに追いだせ」と命じたとき、クロエが起きてきたのだ。

「義父さま……なにをなさってるんですか？」

ハニートラップに失敗したせいで癇癪《かんしゃく》を起こして暴れている女。

衛兵が女を押さえている側で、まだ情事の跡を残して乱れた服装のルキウス。

幼い娘の顔を見て、思わずシャツの前を合わせ、ボタンを留めはじめてしまった。

「クロエは見てはいけないものだ……こっちへおいで」

女を見せないように、さりげなく遠ざけようとすると、

「なにその子ども……あんたの子ってことはないわよね？　それとも、破滅の魔法使いは幼児愛好者ってわけ⁉　最悪ッ！」

背後から女の怒声が追いかけてきた。

「そこの子ども、その男は最低よ。身体を開かれる前に逃げたほうがいいわ……惨めな思いをさせられて、追いだされるか殺されるかの未来しかないから！」

女の罵りは忠告と言うより、呪いの言葉だった。

廊下の奥で扉をくぐり、モーニングルームに向かう途中で、クロエの足が止まる。手を引かれて歩きながら、投げつけられた女の言葉の意味を考えていたのだろう。

「義父さま……あの、あの女性は、義父さまの恋人なのですか？」

「まぁ……一夜かぎりの恋人と言えないこともないな」

ものは言いようだ。そういうことにしておこう。

「では、そういう……夜のお仕事でいらした……とか？」

「違……いや、だいたいそんなところだ」

違うと言いそうになって、金の出所が違うだけだと気づいた。

国王から金をもらってルキウスを誘惑に来たのだ。貴族の女だからといって、娼婦《しょうふ》となにが違うのだろう。

なにも違いはしない。ルキウスとしてはそう思っている。

「でも、義父さま……期待させるようなことをおっしゃって抱いたのだとしたら、義父さまのほうにも非があるのではないでしょうか……恋人をとっかえひっかえするのは不道徳だと思います。もしひとりで寝るのがさびしいのでしたら、クロエが一緒に寝てさしあげますから」

四百才以上年下の娘は苦労してきたせいなのだろう。ときどき妙に大人びたことを言う。

でもルキウスの手を握りしめる手はわずかに震えていて、本当に淋しいのはこの娘のほうなのだと伝わってきた。

まだ幼いうちに両親と死に別れたという娘は、親戚から売られるようにしてこの城にやってきたというのに、ルキウスの前では眩しいくらいに真っ直ぐだ。

初めて城にやってきた日も、自分の大事な十字架を奪おうとした従姉妹を許したし、滅多なことでは愚痴を吐かず、恨み言も言わない。

あまりにも清廉潔白なクロエは、ときおり天使なのではないかと思ってしまう。

――このままでは純粋な娘を傷つけてしまうかもしれない……。

そう思ったルキウスは、女癖の悪さをあらためることにした。

かわりにクロエが夜一緒に寝たいと言えば寝てやり、一緒に散歩もする。湖にピクニックに出かけることもあれば、無理やり研究室に押しかけられて、一緒に夕食をとるようにもなった。

ようするに、ルキウスは以前より少しだけまともな生活をするようになった。

クロエが城に来てから毎日顔を合わせていたせいで、ルキウス自身の心境も変わった。

魔獣退治で城を一ヶ月留守にすることになったときは、朝起きてクロエがそばにいないことが落ち着かなくて、すぐに城に帰りたくなったくらいだ。

研究室にこもりっぱなしで、魔獣の毒素を抜いたり、土壌を豊かにする実験に没頭していたころは、何日も人と顔を合わせないなんて平気だったはずなのに、早く魔獣討伐を終えてクロエに会いたいとまで思うようになっていた。

事実、大型の魔獣を倒したあとは、国の討伐隊にあとを任せて、魔法で飛んで帰ってしまったくらいだ。

ヴァッサーレンブルグではすで雪が降っていて、空中庭園の緑も真っ白に染まっていた。

そこに、黒い点が矢のように走ってきてルキウスに抱きついたのだ。

「義父さま、お帰りなさい！　一ヶ月は帰ってこないとおっしゃってたのに……魔獣討伐は大丈夫だったんですか？」

まだローブには魔獣の返り血がついていたし、髪は振り乱したままだ。

身なりを整えていない自分は怖ろしい魔法使いにしか見えないはずなのに、クロエは無邪気に抱きついてくる。

魔法で雪を近づけないルキウスと違って寒いのだろう。クロエは鼻の頭を真っ赤にしていた。

「クロエは……外にいると風邪を引くぞ」

抱きあげて、魔法のローブの内側に入れてやると、

「わぁ……義父さま、あったかい！　義父さまは本当にお強いのですね……ヘルベルトが義父さまは強いから無事にすぐ帰ってくると言っていたんですけど、魔獣退治なんて想像もつかなくて……義父さまが無事にお戻りでクロエはうれしいです……義父さまぁぁぁ……！」

突然、泣きだしたクロエを抱きしめながら、ルキウスはどうしたらいいかわからなかった。

「お、おい……なんで泣くんだ？」

魔獣討伐が危険なのは確かだが、ルキウスにとってはさほど問題ではないと、どう伝えればいいのだろう。いっそクロエも一緒に連れていったほうがよかったのだろうかと、小さな娘を抱きしめたまま苦悩した。

今回の大型魔獣討伐が一ヶ月と長期間だったのは、現地の騎士団たちに魔獣への対処方法を教えるためだ。ルキウスひとりで討伐するのは簡単だが、それだと国からしょっちゅう呼びだされる羽目になるし、騎士団が魔獣に対抗できるほうがいい。

「クロエ……ほら、みんなのところにいかないと」

ちゅっと幼い娘の目元に口付けると、一瞬だけ驚いた顔をしたものの、それでも涙が止まる気配は

なかった。

ぽろぽろと透明な涙を流す娘を抱きしめたまま、ルキウスは公爵家に帰還する羽目になった。

養女の涙の理由を教えてくれたのはヘルベルトだった。

「クロエお嬢さまの実の父上――先代のギーフホルン伯爵は魔獣討伐がもとで身体を弱くしたそうです……魔獣の返り血はときには猛毒になりますから……それで、旦那さまが魔獣討伐に出かけたと聞いて、ルキウスさまが具合を悪くするのではないかと心を痛めておられたのでしょう」

泣き疲れて眠るクロエをベッドに横たえ、クロエという娘の境遇を思う。

遠い昔のこととは言え、魔獣が生まれたのはルキウスの星の雨のせいだ。つまり、クロエの父親が病がちになった大本の原因はルキウスにある。

――この子を本当の父親の代わりに大切に育てよう。

心の底からそんな気持ちが芽生えたのは、クロエの父親の話を聞いてからだった。

ルキウスの膝にまとわりついていた小さな娘はあっというまに大きくなり、王宮の舞踏会に連れていけば、貴族から求婚されるような年齢に育ってしまった。

「公爵殿下、うちの息子はお嬢さまの婚約者にちょうどいいと思いませんか？　一度、我が屋敷に遊びに来てはいただけないでしょうか」

「公爵殿下、湖の別荘にいらっしゃいます？　いえね、うちの息子はちょうどお嬢さまと年齢が合うと思うんですよ」

ルキウス目当ての令嬢たちの釣書に交じって、クロエ宛てにも見合い用の細密画や釣書がひっきりなしに届く。

怒りのあまり、初めはすべてを断っていたが、その翌年もまたその翌年もクロエ宛ての見合いの話は引きを切らない。ついには国王にまで、

「公爵があまりにも真面目に相手を吟味しているのは、うちの王子に嫁がせようとしているからなのだろう？」

などと言われるようになり、そのころになって、ようやくルキウスは本当の意味で気づいたのだ。

――いつかクロエは結婚して城を出ていくと言うことに。


「ヘルベルト、我が国では娘というのは何歳くらいで嫁ぐものなのだ？」

馬車で移動しながら、ルキウスは自分の家令に話しかけた。

自分の城に引きこもってる魔法使いにとっては珍しい馬車の旅で、手持ちぶさただ。

車窓の景色を見ることにも飽きて、会話をするくらいしかやることがないから、つい城に残してきた娘のことばかり考えてしまう。

「結婚適齢期ということでしたら、十六才から十八才の間に結婚する人が多いでしょう。公爵令嬢くらい身分の高い方になりますと、二十才までに結婚できないと嫁《い》き遅れと言われるかもしれませんね」

ヘルベルトは、「誰の話ですか？」とも問わずに答える。

このところのルキウスがヘルベルトと顔を合わせるたびに、同じ話題をくりかえしていたからだ。

「ご命令どおり、釣書のなかからいくつかよさそうな話を持ってまいりましたが……クロエお嬢さまがいらっしゃいませんのに、お話を進めてしまってよろしいのですか？」

「よい。私が代わりに見定める」

両手にあまるほどの釣書をヘルベルトは扇のように広げてみせる。

「公爵殿下が直接お会いするなんて、クロエお嬢さまを口実にしてルキウスさまにつなぎをつけたいものからしたら、成果は上々というところでしょうか」

涼しい顔でルキウスに釘《くぎ》を刺すのを忘れない。優秀な家令だ。

実際、婚活相手がルキウスが目当てだという、あからさまな態度を見せたら、その時点で話は終わりだ。試金石として、これ以上ないほどわかりやすいと思っている。

「先日、クロエお嬢さまにプロポーズしたという青年はどうなさるのです」

「そちらはクロエ次第だ」

クロエはなにも言わなかったが、ザザからの報告でクロエがプロポーズされたことは知っていた。

思いがけず、周囲に雷が落ち、絨毯《じゅうたん》を黒焦げにしてしまったルキウスは、ヘルベルトから小一時間小言をされる羽目になった。

ヘルベルトはルキウスの遠い血縁に当たる。

簡単な魔法くらいなら使えるせいもあり、ルキウスに対して躊躇がない。

自分でもなぜ、魔力が突然暴走したのか、よくわかってなかった。

もしクロエがどうしてもその男と結婚したいと言うなら、ルキウスは娘のささやかな願いを、なにをおいても叶えてやるつもりだ。

大変不本意ではあっても、かわいい娘の頼みなら、叶えてやりたい。

それが親心というものだと、書物に書いてあったからだ。

でも、もしも——もしも、その男がクロエを通してルキウスの力を狙っているとしたら……。

それはそれで厄介なことになる予感しかないし、また我を忘れてしまうかもしれないと頭を抱えてしまう。

「ルキウスさま……大丈夫ですか。具合が悪いのではありませんか?」

「具合など悪くないぞ」

ヘルベルトがルキウスの顔をのぞきこんで、なにか言いたそうにしている。眉間に手を伸ばされて、ずっと自分が眉根をよせていたことに気づいた。

「それならいいのですが……あまり無理をならないでくださいね。それに、クロエお嬢さまは、まだ結婚したくないとおっしゃっていたではありませんか」

「だからこそ、早く結婚相手を決めたいのだ」

ルキウスの心情を推し量るのがうまいヘルベルトでさえ、ルキウスの本当の悩みを知らない。

いつからだろう。お菓子のように甘い匂いをした娘が、ルキウスのベッドに潜りこんできたときに花の香りを漂わせるようになったのは。

身体が勝手に動いて抱きしめてしまってから、これは娘なのだと我に返る。

クロエのためにも、あまりルキウスのそばに置いておかないほうがいい。

寝ぼけた自分のする行動に、ルキウスはだんだん自信が持てなくなっていた。

「モーガンがよく言っていた。女は若く美しいうちに結婚して相手の心を掴まないと、すぐに花の容色は衰えてしまうと……だから娘盛りのうちに、早く手放すほうがいい」

「それはまた大変極端な意見ですね」

狭い馬車のなかで、気心が知れた家令とふたりだけ。

ささいな息づかいも微細な表情の変化も見抜かれてしまう。

自分の心の奥底に潜む気持ちを悟られなければいいと、ルキウスはがたごとと揺られながら車窓から外を眺めたのだった。

† † †

エベルメルゲン王国の王宮は、国中の貴族が集まって年一番のにぎわいを見せていた。

秋の舞踏会は三日間をとおして行われる盛大なもので、貴族たちはここ一番の見せ場だとばかりに着飾り、国王から供されたワインや立食を楽しむ。

大広間をはじめとして、そこに向かうためのエントランス、ベランダ、大広間に面した庭園までにも人々が談笑の輪を作り、人がいない場所を探すのが難しいくらいだ。

きらびやかな大広間は、大きなシャンデリアや華麗な装飾が客人たちの目を楽しませる。

昼の日射しのなかでもその華麗さは人々を驚かせていたが、燭台に灯がともり、あちこちに篝火《かがりび》が焚《た》かれる夜は、幻想的な趣《おもむき》でより美しかった。

その美しさが王宮に来たのだという興奮をいやまし、日頃、領地にこもっているものたちはここぞとばかりに人と会って情報交換と言う名のおしゃべりに興じ、憂さを晴らすのだ。

その一方、盛装をした貴族たちが笑いさざめき、ダンスを楽しむ華やかな広間の陰では婚活が忙しい。人との出会いの場はかぎられているから、大きい舞踏会は結婚相手を探す定番の催しとなっていた。

ルキウスとしても例外ではなく、絞りに絞った候補者とその両親とに会ってみたものの、どれも厳しい条件には釣り合わず、ルキウスの心は早くも折れかかっていた。

「うちのクロエにふさわしい、まともな男はいないのか！」

ルキウスは今日会った婚約者候補の釣書を魔法の炎で燃やし、暖炉のなかへと投げ捨てた。二日間の成果はゼロ。

慣れないことをしている苛立ちも手伝って、ルキウスの機嫌は大変悪かった。

「ルキウスさまの条件が厳しすぎるのではないでしょうか……」

ヘルベルトがお茶を用意しながら冷静な突っこみを入れる。

自分にあてがわれた客間に戻ってきたルキウスは頭を抱えていた。

公爵家は王都にも屋敷をかまえていたが、ルキウスはエベルメルゲン王国の賓客なので、最上級の客間を用意されているのだった。

広い客間は三間続きで、従者用の控えの間もついている。

応接間のソファに座ったルキウスは苛立ちを押し流すようにワインを一口煽《あお》った。

「家柄と性格と収入はもちろんのこと、変な小姑《こじゅうと》がいないことや顔の造作、どれも重要なことではないか」

クロエの相手を探すのに、いったいどれを譲れと言うのか。

本当なら里帰りしやすい場所とか、契約している魔法使いの数とか、もっと細かい条件をつけたいぐらいだ。難癖つけようと思えば無限に言いたいことが出てくるから、ルキウスとしては、これでも妥協しているほうなのである。

「とはいえ、小姑のひとりもいない貴族なんてございませんでしょう？　……そここそ妥協してはいかがでしょうか」

ヘルベルトから至極まともな反論をされるのは、いつもならありがたい助言だと受けとめている。

しかし、クロエの婚活に関しては油に火を注ぐ羽目にしかなっていなかった。

自分でもおかしいと思うほど頭に血が上ってしまい、溢れた魔力がローテーブルを吹き飛ばしそうになる。

「……ちょっと散歩をしてくる」

ルキウスは乱暴に客間の扉を開閉すると、苛立ち任せに廊下を歩きだした。

少し頭を冷やしたほうがいい。

そう思って外に出たものの、こういうとき王宮の作法は面倒で困る。思い切り空でも飛べば、少しは気分が晴れるだろうに、そういうわけにもいかないからだ。

魔法使いがふわふわと飛んでいたら衛兵が驚くからという理由で、緊急事態以外は飛行禁止を言い渡されていた。

もっとも、ヘルベルトの言いたいことはよくわかっている。

貴族というのは親族の数で派閥を作っているようなものだ。力の強い貴族なら当然、婚家には小姑めいた親戚がたくさんいて当然だった。

しかし、クロエは実の叔父と従姉妹に家を乗っとられている。

小姑に虐められでもしたら、そのときの嫌な記憶がよみがえるかもしれない。そう思うと、条件の妥協はどうしても気が進まなかった。

「どうしたものか」

頭のなかがいつになくいっぱいで、油断していたのだろう。

王宮のなかでも、ひときわ人が少ない廊下を選んで歩いていたはずなのに、ルキウスの存在をうまく探し当てたらしい。ひとりの令嬢が柱の陰から出てきた。

「ヴァッサーレンブルグ公爵殿下と存じます。突然の非礼をお許しください……どうしても、殿下にお願いがあるのです」

お辞儀をする令嬢を見て、『またか』と思った。

魔法使いの力を欲しがって、ルキウスと関係を迫る女は日常的にやってくる。

以前なら、苛立ち任せに女を抱いて憂さを晴らしていたが、最近ではそれも面倒になっていた。

クロエに知られたらまた注意されるだろうし、娘に嫌われたくない。

最近のルキウスは、女関係に至っては品行方正だった。しかしいま、養女はそばにいないし、いつになく苛立っていたせいだろう。

その女と目が合ったとたん、カチリと歯車が噛みあう音を聞いた気がした。

――まずい。

自分でも頭の片隅で警告めいた感覚が訴えてくるのを感じていたのに、止められなかった。

パートナーもなく王宮の舞踏会にやってきたせいもあるのだろう。意味もなく、情欲をかきたてられている。

赤い官能的なドレスを着た娘が近づいてきて、黒いレースの手袋をした手をルキウスに伸ばす。

胸元や二の腕に施された編み上げが、肌をやけに白く艶《なま》めかしく見せていた。

「私は、クロエと申します。親から意に沿わない相手と結婚させられそうなんです。どうかお願いを聞いていただけませんか？　私が処女でないとわかれば、相手はあきらめてくれると思うのです……

私と一夜を過ごしていただけませんか?」

「クロエ……クロエか……いいだろう」

女の言葉が頭のなかに響いて、嘘みたいに承諾してしまっていた。

クロエのことばかり考えていたのがよくなかったのだろうとは、あとから思った。

――『親から意に沿わない相手と結婚させられそうなんです』

もしかするとクロエも、自分が結婚を強く勧めるせいで、こんなふうに思いつめていないだろうか。

そんな同情めいた感情が頭の隅を過ぎり、ルキウスにまとわりついて離れない。

さらに言うなら、令嬢の名前が娘と同じ『クロエ』だったのもよくなかったのだろう。

よくある名前だと理性ではわかっているはずなのに、『クロエ』と舌の上で転がすように名前を呼ぶと心の奥でちり、と焦げついたような痛みを訴える。

――これは罠《わな》だ。

そう理解しつつも、その誘いに乗りたい自分がいた。

クロエには『もう親と一緒に眠る年じゃないだろう?』と言い聞かせるふりをして、本当は自分に言い聞かせていたのだ。

長年の習慣のように、破滅の魔法使いを誘惑しにやってきた女の誘いに乗る振りをして、抱いて、一夜かぎりの関係として欲望を満たしたら、それで終わり――そうなってしまうのが恐くて、クロエに嫌われたくなくて。

――いい父親を演じていられるうちに娘を結婚させてしまおう。

ルキウスが決意したのは、今年の秋の舞踏会の招待状を受けとったころだ。

そのとき一度は封じこめた欲望を、ただ満たすためだけに、この娘を抱くことを承諾したと言っていい。

舞踏会の夜には、客が一時的に休憩するための個室が準備されており、何年も王宮に通っているルキウスは、使用人に案内されなくても、その場所を把握している。

一番近い場所へとクロエという娘を連れこみ、慣れた手つきで自分の豪奢なローブを脱いだ。

彼女は緊張しているようだったが、覚悟は決めてきたのだろう。逃げだす素振りはない。

ジレも脱ぎ捨てたあとで、シャツのボタンをふたつみっつ外すと、娘の髪に手を伸ばした。

「おまえ、本当に構わないんだな？」

長くて黒い髪に触れ、邪魔にならないように髪飾りを外しながら問いかけた。

その昔、女を押し倒したあとで、その女の旦那だという貴族が苦情を言いに来たことがあった。いわゆる、甘い罠だ。

驚いたことに、男は魔法使いルキウスを脅して金をせしめようとしたらしい。

魔法の雷を落として絨毯を黒焦げにしただけで女ともども逃げていったが、いまこの瞬間も、娘の家族が足を踏みいれて来ないという保証はなかった。

「か、かまいません……どうか、私を抱いてください。ルキウスさま……あの、そう呼ばせていただいていいでしょうか……」

女はわずかに乱れた髪を自らまとめあげ、ルキウスがやりやすいようにうなじを見せる。

髪飾りの次は首飾り、その次はドレスの上衣の留め金に手をかける。自分の手が女の服を脱がす手順を覚えていたことに驚きながらも、簡単に半裸の格好にまで脱がせた。

コルセットとズロース姿になった娘のコルセットの編み紐を外し、背中から抱きしめるようにして胸を揉《も》みしだく。

「……ンぁあ……ッ！」

堪えきれずにのどから漏れたのだろう。

吐息混じりの艶めかしい声に、ぞくりと背筋が震えた。

処女だと言っていたとおり、まだ乳房は硬く、揉みしだくと痛いはずだ。それでいて、胸の先に触れると愉悦が走るらしい。びくびくと身体が跳ねる。

「はぁっ、あ……あぁ……ルキウスさま、あの、抱かれたことがはっきりわかるように、身体に痕をつけてくださいませんか？」

肩越しに振り向いた娘は、潤んだ瞳でルキウスに訴えた。

「身体に痕か……いいだろう。誰が見ても情事の痕だとわかるようにしてやる」

首筋に鼻を埋めて肩を吸いあげると、慣れない痛みにおののいたのだろう。びくびくっと痙攣《けいれん》したように女が震える。

舌で肌をねぶるようにして肩胛骨《けんこうこつ》のほうへ辿っていきながら、その背中も吸いあげた。

「ふ、ぁ……あぁっ……ッ」

恐いからなのか人から肌に震えられた生理的な反応なのか。女はぶるりと身震いして、愉悦を感じたとき特有のあえぎ声を零した。

どこかで自分の情欲にもスイッチが入ったのを感じていた。娘の下賜からズロースを脱がせ、身体に残っていたコルセットを剥ぎとると真っ裸になった娘をベッドの上に押し倒す。

自分はシャツの前をはだけただけなのは、いつでも逃げだせるようにだ。

扉と窓には簡単な結界魔法をかけてあるし、誰かが突然押しこんでくる事態にはならない。

結界を壊そうとする魔法使いがやってきた段階で、すぐ逃げだせるようにしてあった。

もし戦闘になったときに我を忘れて、王宮の上に星の雨を降らせる事態だけは避けたい。さすがにヘルベルトに怒られてしまう。

クロエという娘の要望を叶えるていどに抱くだけのつもりだったのに、気がつけば娘の唇に唇をよせていた。

「んっ……ンぅ……ッ」

紅を引いた唇の感触なんて嫌いだったはずだし、白粉《おしろい》の匂いも苦手だ。

濃厚な化粧と香水の匂いが鼻について、鼻の頭に小さな皺がよる。それでいて、自分の長年鬱積していた欲望をようやく晴らせたような、すっきりとした心地でもあった。

「クロエ……――」

同じ名前を呼び、キスをするだけで、腹の底からどす黒い独占欲が湧きおこってくる。

欲望にまかせて舌を口腔に挿し入れると、「んんっ」という苦しそうな声がのどから漏れた。舌で舌を絡めながら腰を撫でてやれば、娘の肌はわずかに汗ばんでいて、慣れない行為でも快楽を覚えているのがわかる。

「っはぁ……く、苦し……ルキウス、さま……ンぅっ」

びくん、とまた震えたのは軽く達したせいだろう。腰回りを撫でていた手を臀部《でんぶ》へと、その割れ目へと伸ばしていくと、茂みの奥はわずかに湿っていた。

娼婦や国からルキウスを誘うように送りこまれた娘は、陰毛の処理をしていることが多い。

それを逆手にとって、あえて初心な娘をよこした可能性もあるが、この娘のたどたどしいとまどいは本物だ。それがなおさら、本当のクロエを抱いている気にさせられて、自分の心がのめりこんでいくのがわかった。

胸をもてあそびながら、白い膨らみにも目立つ赤紫のあざをつけ、次に臍《へそ》の脇を吸いあげ、その次には太腿《ふともも》を開かせて、白くやわらかい内側もきつく吸いあげる。

「あ、あの……ルキウスさま……そ、そこはあまり見られると……っあぁ……ッ、あっ、ひぃあっ！」

ぐじゅりと、濡《ぬ》れ初めの蜜壺に舌を伸ばすと、組み敷いた身体がびくびくっと面白いくらい跳ねた。

まるで媚薬《びやく》でも飲んだかのようだ。初めてだというから、恐くないようにそういう薬でも飲んできたのかもしれないが、感度がいい体だった。

ただ身体を貪るだけにしても、楽しめそうだという最低な思考がちらりと頭を過ぎった。

養女に知られたら、『義父さま、そのお考えは不道徳です』とでも怒られてしまうだろうか。

それでも、この誘ってきた娘の肌に触れると、違う娘を思いだしてしまう。

「クロエ……」

吐息混じりに名前を呼ぶたびに、見えない糸で欲望を搦め捕られていくようだ。一度はじめた行為をやめられなかった。

——のめりこんでいるのは、私のほうではないか。

そんなふうに冷静に考えている自分もいる。

「あぁっ、舌、ひゃ……ンぁあんっ、あっあっ……っぁ……ぅ、ふぁ……ッ！」

舌を動かすたびに嬌声がほとばしり、その声がひっきりなしにあがるようになると、淫唇から濃厚な匂いが立ちあがる。

びくびくと腰が揺れて大きく跳ねたかと思うと、娘の身体が軽く弛緩《しかん》した。

どうやら快楽に上りつめたらしい。

「……あぁ、はぁ……」

「舌だけで達したか……しかし、処女を奪うのはこれからだ。気持ちいいより、多分痛いぞ」

ルキウスはそう言いながら、魔法を使って部屋の奥のドレッサーから香油を引きよせた。

この手の部屋には必ず置いてあるもので、肌に塗ると美容効果があるだけでなく、潤滑油代わりになる。

「おまえはまだこの手の行為に慣れてないのだろう。おそらく香油を使うほうが身体の負担が少ないはずだ……ちょっと冷たいかもしれないが……我慢しろ」

オイルを娘の肌に垂らしたとたん、遠い異国の甘い香りが部屋のなかに広がる。くすんだ煙のような、くすぐったくなる香りは、情欲を誘うのだという。

その滑らかなとろみを指先にこすりつけ、娘の蜜壺をゆっくりと広げていくうちに、頭のなかは霞《かすみ》がかかったようにぼんやりしてきた。

かちり、とまた強く、絡繰《からく》りの歯車が噛みあうような音がする。

「ルキウスさま……お願い。抱いてください……」

娘のほうから首に抱きついてきて軽いキスをしてくる。

「クロエ……」

もう一度名前を呼ぶと、まるで強い酩酊《めいてい》状態になったかのように、意識が搦め捕られた。

「抱いて……」

指先で淫唇を抽送しているうちに、身体の奥から粘ついた蜜が零れた。

娘の唇から、はぁはぁという乱れた息づかいが聞こえる。熱っぽい吐息が肌にかかると、自分でも思いがけず、体の奥が熱くなった。

もしいま、これが罠だと言われても引き返せない。

身体の中心で反り返る肉棒は、早く欲望を満たしたくて張り詰めてしまっている。

娘の体のなかにおさめて精を解き放たなかったら、頭がおかしくなりそうだ。

熱っぽい肌を抱きよせ、首筋に吸いついて、また自分の所有物であるかのように印をつける。

何度も何度も赤紫の痕をつけた首筋からデコルテのあたりは、胸の開いたドレスでは隠せないだろう。

誰がどう見ても、男に抱かれたと思われるに違いなかった。

「クロエ……挿入するぞ……息を吐いて、少しだけ耐えてくれ……」

娘の淫唇に肉槍をあてがい、ゆっくりと押しこめると、ぞわりと身体の奥で支配欲が蠢いた。鉄さびめいた血の臭いがかすかに漂うのがひどく心地よかった。

† † †

ランプの明かりだけが仄輝く部屋に、くぐもった嬌声が響く。

「あっ……ッぁあン……ひゃ、あっ……ぁああっ、あっ、あっ……ッ！」

クロエはルキウスの肉槍が抜き差しされるたびに湧きおこる快楽に、すっかりと呑みこまれてしまっていた。

身体を割り開かれたとき、あんなに苦しかったのが嘘のようだ。

わずかに漂う血の臭いも胃の腑《ふ》を押しあげられる感覚も、自分で望んだこととは言え、想像していたよりずっと辛くて、もう無理だと言いそうになるのを必死で耐えていた。

それが、肌のあちこちに吸いあげる痕を落とされ、ルキウスと肌を重ね合ううちに次第に痛みに慣れてしまった。

正直に言えば、こういう行為は一度やったら終わりなのかと漠然と考えていた。

ロマンス小説では描写が詳細な黒本でさえ、一度挿入したところで終わることが多い。

だから、事前に思い描いていたクロエの妄想は、処女をルキウスに捧《ささ》げるところまでだったのに、夜は思っていたより長かった。

モーガンの魔法には一種の媚薬効果があると聞かされてはいたが、最初に身体を割り開かれたときは、信じられなかった。あまりの痛みに嘘だと思ってしまった。

でも、肉槍を抽送されて、角度を変えて何度も動かされるうちに、ぞくぞく震えあがるような快楽が湧きおこってきて、本当だとわかったころには溺れてしまった。

——わたし、いま、本当に義父さまに抱かれている……。

気まぐれに女性の誘いに応じていたなんて話を聞かされていたから、義父さまはもっと淡泊に抱くのだと思っていた。なのに、何回も何回も抽送をくりかえされて、そのたびに肌に痕をつけられると、ルキウスの終わりない欲望にクロエのほうが眩暈がしてしまう。

やっぱり妄想は妄想でしかない。

「お願いです……もう少しだけ……せめて朝までは……一緒に過ごしていただけませんか。ルキウスさまに抱かれたと、はっきりとわかるように、もう一回だけ……抱いていただきたいのです」

彼のほうにも欲望を満たしたい事情があったのだろう。

お願いすると意外なほどあっさりと了承してくれた。

——モーガンはいったいどんな魔法を使ったんだろう。

何年も義父さまに抱かれたくて苦労していたというのに、モーガンはたった一晩でクロエの願いを叶えてしまった。

何回ベッドに入りこんでも、ルキウスを誘惑できなかったのが嘘のようだ。

それだけ、モーガンのほうが義父さまのことを理解しているのかと思うと、少しだけ悔しい。

でも、背中から抱きかかえるようにして奥を突かれると、どうでもよくなってしまった。

体位が変わると、さっき感じたのとは違う場所が疼いて、お腹《なか》が痛いくらい感じてしまう。

胸の蕾を指先でもてあそばれながら抽送されて、腹の奥と胸の先と、同時に甘い快楽が疼きだす。

腰を抱きよせて撫でられたときもそう。声が堪えきれないくらいの疼きに襲われた身体は勝手に蠕《ぜん》動《どう》して、咥《くわ》えこんでいる肉槍をもっと奥へ奥へと誘っていた。

まるでルキウスのものを咥えこんで放したくないと思っているみたいだ。

「ふ、ぁ……ンぁあッ……ルキウス……さま……ッあぁ！」

快楽の頂点に上りつめさせられると、甘えた声をあげて頭が真っ白になる。

もうこれで終わりだと思ったのは三回目ぐらいまでだ。絶頂で快楽を覚えた身体は、ルキウスに触れられると、すぐにまた疼いてしまう。腰に手を回されるだけで快楽への期待で身体がびくんと跳ねる。そうなるともう、ルキウスの手を拒めなかった。

自分で望んでいたこととはいえ、こんな感覚は初めてだ。

どうやって抑制したらいいかわからないまま、ルキウスの手練手管に翻弄されていた。

向かい合いながら薄明かりのなかで見るルキウスの顔は、よく知っているはずなのに、なにかが違う。髪に指を挿し入れられてやさしく梳かれるのも心地いいし、顔を近づけられれば、苦しいくらい胸がときめいて、弱い。

自分でもルキウスの首に手を回して、髪に触れる。

養父とその娘として抱きついていたときとは、全然違う。

心臓の鼓動がうるさいくらい高鳴っているのは同じなのに、部屋に流れる、濃密な情欲の気配が自分を大胆にしてくれた。

「ルキウス……さま……はぁうっ……ンあぁっ……あぁ……ッ」

腰から臀部へと愛撫されると、声の調子が跳ねあがる。自分の口から漏れているとは思えないほど淫らな声に理性が飲みこまれていきそうなくらいだ。

体をずらされて肉槍が動くと、ぞわりと腰の奥が怖いくらいに疼く。

快楽に溺れるのが怖い一方で、汗ばんだ肌で抱き合っていることがうれしい。ようやく男女の関係になれたのだと思えて、このままもっと溺れていたいと思う淫らな自分が潜んでいた。

初めてのクロエでさえ、怯えながらもこんなに快楽を楽しんでいるのだから、ルキウスはもっと欲望に突き動かされて当然なのだろう。

（本当は……義父さまは一晩に何回もこんな交尾をするくらい女性に飢えていたのかも……）

何回もクロエを抱いてもなお、性欲が衰えない様子のルキウスを間近に感じながら、クロエはささやかに反省していた。

（義父さまだって健全な男性なんだもの……人並みの性欲があったはずなのに、わたしが無理に禁欲させちゃったから……）

子どもらしい潔癖さと言ってしまえばそれまでだが、目の当たりにすると申し訳ない気持ちが湧いてくる。

けれども、自分でもう一回抱いてほしいと言っておきながら、肌の敏感なところを愛撫されつつ肉槍を抽送されると、すぐに思考をする余裕がなくなった。

「っはぁ……あぁっ、もう、わたし、イきそう……ルキウス、さま……ンあぁっ……あっ、あぁっ」

「クロエ……」

ひっきりなしにあえぎ声をあげる自分が恥ずかしいのに、名前を呼ばれるだけで、どうでもよくなってしまう。

身体の痛みや苦しさを忘れて、鼻にかかった声を漏らす自分を受け入れてしまっていた。

繋がったまま、下乳から持ちあげるように胸を揉みしだかれるのも、気持ちいい。

次から次へと激しい快楽の波に襲われながらも、自分のなかにもこんな淫らなことを楽しむ気持ちがあったんだと、ひどく新鮮でもあった。

背筋が弓なりにしなり、あえかな声が漏れる。

胸の端にルキウスの唇が近づいて、やわらかな唇が触れた瞬間はもっと好き。

ちくりと肌を吸いあげられる感覚が痛いのに、ルキウスに抱かれた痕を肌につけられていると思うと、ぞくぞく震えあがるほど、うれしい。

クロエからお願いしたとおり、ルキウスは肌のあちこちに赤紫の痕をつけてくれた。

「んっ……くすぐった……あぁっ……」

この痕を見るたびに、この夜のことを思いだせる。

そのうち消えてしまうにしても、いまだけはルキウスに愛された気分に浸っていたい。

ささやかな自己満足かもしれないが、クロエは肌につけられた赤紫の痣《あざ》が少しだけ誇らしかった。

「避妊はするから、子どもができることはない……安心しろ」

切羽詰まった快楽の波が大きくなったところで、一段と激しく腰を打ちつけられる。

「あっ、あっ……ルキウス、さ……ンぅ、ふぁ……ひゃ、あぁぁ――……あっ、あぁン……ッ」

魔法使いの魔法は、どんな避妊具よりもはっきりとした効果がある。

精を膣内に吐きだしても妊娠しないから、この一夜で義父さまの子どもが授かることはない。それだけが少しだけ淋しかった。

——もし義父さまの子どもができるなら、ひとりでひっそりと育てて暮らしてもいいな、なんて思っていたのに……。

「……ッ……ぁあ……っはぁ……ッ！」

身体の奥に精を受けた感覚があるのに、子どもができないとわかっているのは切ない。

まだもっと抱かれていたい。終わってほしくない。でも、ここでもっともっと抱いてほしいなんて我が儘を言い出したら、さすがにおかしいと気づかれてしまうかもしれない。

この一晩だけなのだ。クロエがルキウスに抱かれるのは。

——秋の舞踏会が終わったら……わたしはきっとどこかに嫁がされる……。

貴族の娘としてはごくごく当たりまえのことで、逆らう気はない。

もし子どものとき、叔父に娼館へと売り払われていたら、まともな結婚なんて望むべくもなかった。

——義父さまは養父として、わたしを大事にしてくださったんだもの……。

その思い出と、この一夜だけを胸に、きっと生きていける。

これで部屋を追いだされる覚悟でいたのに、

「……ッ……悪い、まだ……終われそうにない。このまま朝までつきあってくれ」

切羽詰まった声とともに、また肌を吸いあげられた。

「ひゃ、あぁん……あっ、あっ……ルキウス、さま？　あぁんっ……！」

胸を荒々しく揉みしだかれて、痛みと快楽が同時に湧きおこる。

一瞬、なにが起きたのかわからなかった。

精を吐きだされたら冷たく追いだされる覚悟をしていたのに、ルキウスの手はまだクロエの腰をかき抱いている。

あるいは、意識を失って自分に都合がいい夢を見ているのかと、勘違いしてしまいそうだった。

「あっ、あっ……胸の先、や、ぅ……そこは……ンあぁっ、あぁ……は、ぁん……ッあぁ！」

きゅっ、と胸の先を抓まれると快楽を覚えると知られているらしい。まるで手の上で転がされるかのように、びくびくと体が跳ねる。

甲高い嬌声が零れて、わけもなく涙が頬を伝った。

「もっとだ……もっとその声を聞かせろ……」

熱に浮かされたようなルキウスの声が聞こえた。

なにが望みなのかはわからない。でも、ルキウスからこんな熱っぽい声でねだられて、クロエに断れるわけがない。

こくこくと、首肯だけで返事をすると、ルキウスの手が太腿を掴んだ。

クロエの足を押し開き、肩にかけると、また肉槍を淫唇に押しあてる。

まだ痛みは残っているのに、ぞくり、と身体の奥で再び愉悦が強くなる。一度は消えかけた火がもう一度燃えあがって、身体の内側から焼いていくみたいだ。

初めて味わう快楽の洗礼は、クロエが思っていたよりずっと、身体に馴染んでいた。

「ンぁあっ、あっ、あっ……はい……ルキウスさま……っふ、ぁあ……ンぁあんっ！」

ルキウスはいつもこんなふうに見知らぬ女の人を抱いたのだろうか。抽送の間に何度も舌を絡めるキスを挟んで、激しく腰を引きよせて。

わずかに想像するだけで、ちり、と胸の奥が痛んだが、それはほんのわずかな間だった。

ルキウスとの年の差は埋められないと子どものころからわかっていたからだ。

だからこそ、いまこうして抱かれている瞬間がとうとい。胸の痛みやささやかな嫉妬で台無しにするより、極上の時間をぞんぶんに味わっていたかった。

「……ン、ふぅ……っはぁ……あぁ……」

舌を搦め捕られるキスは苦しいのに、恍惚《こうこつ》とさせられる。言葉にできないくらい好きだ。ルキウスはクロエにはこんなキスをしてくれなかったと思うと、なおさら離れがたい。

ルキウスの首筋に抱きついて、汗ばんだ肌の臭いをかぐのも魅力的な行為だと思う。

薬草まみれのルキウスからは、汗からもいつも風変わりな薬草の臭いがして、その臭いをかぎながら身体を貫かれていると、養父といやらしいことをしているという実感が強く湧いてくる。

「ふぁっ、あっ、あぁん……ルキ、ウス……さま……くっ、はぁ、あぁ……わたし、また、イきそうです……ぁあんっ」

臀部を掴まれて、ひときわ奥を突かれると、ひどく感じる部分を肉槍がかすめた。

びくん、と大きく腰が揺れて、膣道が収縮する。

「クロエ……すっかりといやらしい身体になったようで、なによりだ……なかに、出すぞ……」

甘い言葉を吐くルキウスはまるで別人のようだ。

そんなにクロエが化けた伯爵令嬢が気に入ったのだろうか。

自分がどんなに甘い声をかけても抱いてくれなかったのにと思うと、自分で自分に嫉妬してしまいそうだ。

それでも、名前を呼ばれながら抽送されるのは、長年の夢だったから、いい。たとえ、別人だと思われていても、しあわせな気分には浸れる。

「は、あぁ……ンぁああん――……あぁッ！」

切羽詰まったあえぎ声が嗄《か》れたようにとぎれる。

抽送の動きが速くなり、身体の奥に残っていた精を放たれると、頭が真っ白になった。

背筋からぞくぞくという震えが這《は》いあがり、恍惚感《こうこつかん》に飲みこまれる。

舞踏会と慣れない性交とで疲れ切っていたのだろう。意識が愉悦に浸っているうちに、いつのまにか眠りに落ちてしまったのだった。

† † †

明け方になって、クロエはふと目を覚ました。

ルキウスが魔法を使っていたのだろうか。暖炉の火はまだほどよく燃えていたし、晩秋の王都にしては部屋はそこまで寒くない。

それでも、性行為をしてそのまま眠りに落ちたせいだろう。夜明け前の寒さに、汗ばんだ体が冷えて寒かった。

天蓋付のベッドの隣では、ルキウスが規則正しい寝息を立てていた。

ベッドで深く眠るルキウスは滅多なことでは目を覚まさない。昨夜の様子からすると、きっと昼まで起きないだろう。

魔法使いの城にいるときから何度も同じベッドで朝を迎えたはずなのに、今朝の気分は格別だ。まるで花嫁になった朝のように、うれしくてくすぐったくて――でも少しだけ淋しい。

安らかな寝息を立てるルキウスは、長い睫毛に落ちる影も美しくて、クロエは思わず、ちゅっと唇にキスをした。

きっと、もっと早くこうすればよかったのだ。

魔法使いの城でだって、何度も同じようにベッドの上でルキウスの寝顔を眺めていたはずなのに、ただ眺めて満足していたなんて。

いまさらながら、自分が年月を無駄にしていたことが悔しくてたまらない。

どうせ寝ているときはなにも覚えていないのに、なにを躊躇していたのだろう。

キスをして、髪に触れて、『好きです、義父さま』と毎日のようにくりかえしておけばよかった。

寝ているその耳に囁けば、クロエのことを夢に見てくれることがあったかもしれない。

それでなにが変わるわけでもないが、やってみてもよかったはずだ。

少なくともクロエの気持ちはささやかに満たされただろう。

しかし、なにもかもが、もう遅い。あきらめのため息を吐いてベッドから踏み台を使って下りる。

豪奢なベッドというのは、クロエの身長では簡単に下りられないほど高いからだ。

ドレスを手にして鏡をのぞきこめば、身体のあちこちにつけられた赤紫の痣が目に入った。

「わぁ……と、うさ……ルキウスったら激しい」

思わず、『義父さま』と口にしかけてあわてて言いかえる。

実は、モーガンからしつこく注意されていたことを思いだしたからだ。

——『いい、クロエ？　魔法がかかっている間は絶対に『義父さま』なんて呼んじゃダメよ？　その瞬間、魔法が解けることを忘れないで』

ルキウスが抱いたのは養女のクロエではなく、見知らぬどこかの貴族令嬢のクロエだ。

モーガンの幻惑の魔法はルキウスと会う前から発動していた。

星の雨を降らせたり、雷を落としたりというルキウスがよく使う魔法とは違う。

たくさんの人の心を搦め捕り、少しずつ糸車の糸を紡ぎ、最後にはがんじがらめにしてしまう魔法なのだと言う。

クロエという存在を、ほかの人たちに『クロエ・レーネ・トライデン伯爵令嬢』だと思わせることで、クロエの周りに見えない魔法の盾を作り、ルキウスの目が、本当のクロエだと見透《みとお》せないようにしているのだとか。

おかげで、クロエ自身が変装をするまでもなかった。

ほかの人の目には、クロエがほかの人物として映っていたからだ。

——この城を出たら、わたしはまた、魔法使いの娘に戻る……。

御伽噺《おとぎばなし》のシンデレラのように、楽しい時間は終わり。

ルキウスに引きとられて十年、自分の家同然だった魔法使いの城。

その城から出ていく日が近づいているのだと、クロエはわかっていた。

第四章　どうか欲望にまみれたわたしを見て

王宮でルキウスとの一夜を過ごしたあと、クロエは一足先にヴァッサーレンブルグへと帰った。

モーガンと王都で待ち合わせして、首尾を報告し、魔法がうまくいったことを伝えた以外は、ほとんどとんぼ帰りだ。

なにせ、ヴァッサーレンブルグ領は国境に近い。

王国中央の内陸部にある王都からは離れている。

魔法の馬車でモーガンに送ってもらった行きと違い、帰りは急いで帰る必要があった。ルキウスにさきに帰られたら、クロエが不在だったと知られてしまうからだ。

ルキウスに吸いあげられた痕は化粧で隠しても隠しきれず、モーガンに会ったとたん、外から見える首筋を見咎《みとが》められてしまった。

美しい顔を思いっきりしかめられる。

「まさかルキウスが女を抱くのにこんなにしつこい男だなんて……最っ悪」

元からルキウスに対して毒舌なところがあったモーガンから、思いっきり悪態を吐かれてしまった。

少々気まずくて、首のストールを強く巻きつけてしまう。

――わたしが頼んでつけてもらったんだけど……。

とは言える空気ではない。

「クロエは若いんだし、ほかにもっといい男がいるんだから、ルキウスのことは一晩の思い出だけにして忘れていいのよ？」

黒い笑みを浮かべたモーガンから、じわりと圧力をかけられる。

うすうす気づいていたことだったけれど、モーガンはルキウスのことがあまり好きではない。

今回はクロエの頼みだから聞いてくれたけれど、ルキウスと関係を持つこと自体はよく思っていなかったのだろう。

それでも、モーガンは赤紫の痣が他人に気づかれないように、幻惑の魔法をかけてくれた。

どんなにストールで隠したつもりでも、人に見られたら恥ずかしいから、彼女の気づかいが素直にうれしかった。

一方でルキウスはといえば、舞踏会のあとは秋の税収と街道管理の報告で数日は王都にとどまっていたらしい。

ルキウスとヘルベルトが帰ってきたのは、クロエがいかにも両親の墓参りをしてきたという顔をして魔法使いの城に戻ってきた二日後のことだった。

思っていたより早くふたりが帰ってきたので、こんなに危うい橋を渡っていたのかとひやひやしてしまったほどだ。

さいわい、人間とは違い、気まぐれなザザは、両親の墓参りに行くというクロエの嘘を信じてくれていたようだ。あるいは心の奥底から興味がなかったのかもしれない。

ともかく、何事もなかったように、また魔法使いの城での日常に戻った。

——ただひとつ、クロエの心情をのぞいては。

ヴァッサーレンブルグの魔法使いの城は、秋の収穫を終え、幾分落ち着きをとりもどす時期になっていた。

収穫と年税の徴収は、公爵家の官吏たちにしてみれば一年で一番大きな仕事だ。

量が多い上に計算や書き仕事も多い。

しかも間違えると、住民からも上司からも怒られてしまう。住民の訴えを直接聞くこともあり、板挟みになることもある。季節柄、美しい紅葉を見ては愁いに沈みがちと言うだけでなく、悲喜こもごも混じった仕事の会話がもっとも多いのが秋なのだった。

それが終わると、今度は冬ごもりの仕度にかかるから、引き続き忙しい。

雪で街道が閉ざされる前に必要な食料を買い、村々に保存させ、冬を越させなくてはならない。

地域によっては雪が深く、春まで閉鎖することになるから、これもまた一仕事だ。

毎年のこととはいえ、秋から冬の仕事は山積みで、書簡が飛び交っているのだった。

しかし、ルキウスが帰城してからというもの、官吏たちはいつもの冬ごもりに追われているにしては、どこか様子がおかしかった。

硬い表情を浮かべて廊下を行き交う顔には、もっと危険な緊張感が漂っている。

王都でなにか難題を突きつけられたのだろうか。ルキウスは珍しく連日執務室にいて、ヘルベルトをはじめ、城の官吏たちと難しい顔をして話し合いをしていた。

クロエとしてはわざわざ塔の上まで出向かなくても、毎日ルキウスの姿が拝めてうれしい。

（義父さまが珍しくやる気を出して執務室に詰めておられるんだもの。甘いお茶でも差し入れしてさしあげよう）

そんなふうに考えたクロエは、軽く抓めるフィナンシェとお茶を銀盆に載せて、ルキウスの机に近づいた。

書類に没頭しているのだろう。クロエが側に近づいてもルキウスの反応がない。

基本的にはいつも無表情なルキウスだが、いつになく眉間に皺がよっていて、そんな珍しい顔を盗み見ると、自然と心が浮きたってしまう。

「お仕事でお忙しいところ、失礼いたします。義父さま、甘いものでも召しあがってはいかがですか？　義父さまが根を詰めているとほかのものが休めませんよ」

声をかけてから、机の空きスペースに銀盆を置き、カップとソーサー、それにお菓子を載せた小皿を置く。もう寒い時期だから、お茶が冷めないようにと覆っていた布製のカバーを外し、あたたかい銀製のティーポットからカップに紅茶を注いだ。

ルキウスの机に着く時間を逆算してお湯を注いでおいたから、ちょうどころあいだったらしい。紅茶の香りが執務室にふわりと広がる。

その香りに誘われるようにルキウスが顔を上げると、それが休憩の合図になる。

クロエが指示したとおり、侍女たちがお茶のセットをカートに乗せて、官吏たちにもお茶を配りはじめた。

「ああ……クロエ、ありがとう。気がつかなかった……みんな、休憩をとってくれ」

公爵直々から宣言され、執務室内の緊張した空気がやわらいだ。

ヘルベルトがほかの部屋で働いている官吏にも休憩を伝えるように指示を出している。こういうところがあいかわらず抜け目がない。

クロエは広い部屋の動きを気にかけながらも、目線はルキウスに釘付《くぎづ》けになっていた。指先をカップの耳にかけ、睫毛をわずかに俯《うつぶ》せて飲むときの、ルキウスの表情を見るのがクロエは好きだ。

白金色の髪はリボンで束ねて、濃紺の上着の上で揺れている。

ゆったりとした仕種でカップを口元に運ぶ姿は優雅で、まるで一枚の絵のようで、いくら見ていても見飽きない。

世界一美しい自慢の義父さまである。

頬に零れた髪を指先でかきあげ、耳にかける姿も眼福だった。

ただ眺めているだけで、勝手に口元がゆるんでしまうくらいだ。

一口お茶を飲み、フィナンシェを半分にして口に入れたところで、クロエのゆるんだ顔に気づいたのだろう。

口のなかのものを飲みこみ、布巾で手を拭いたルキウスは、不意にクロエに手を伸ばした。

「どうしたクロエ。私がいない間になにかいいことでもあったのか？　ずいぶんとうれしそうだな」

さっきまでしかめていた表情がわずかにほころんで、クロエにだけ向けられる。

そのかすかな表情の変化だけでも、きゅんとさせられているのに、いつものように腰を抱きよせられそうになって、反射的に手が動いた。

ぱしっと音を立ててルキウスの手を払ったあとで、我に返る。

「クロエ……？」

「あ、あの……なんでもないの義父さま。いつもお願いしているでしょう？　わたしも、もういい年なのですから、人前で膝抱っこはご遠慮願いますって……」

あわてて言い訳めいた言葉をひねりだした。

言えるわけがない。先日抱かれたことを思いだしてしまい、間近で顔を見ると、どうしても冷静でいられないなんて。

ルキウスは養女のクロエを抱いた覚えはないのだから、一方的にルキウスを避けたら不審に思われてしまう。

しかし、ルキウスがとまどう顔を見て、クロエはしまったと思った。

自分の挙動不審さをごまかすように、作業の手伝いを申しでる。

「と、義父さま、ほら。署名をする手が止まってますよ……あ、そちらに蠟《ろう》を垂らしましょうか？」

書類によっては署名のほかに、蠟を垂らし、公爵の印璽を押す必要があった。ルキウスの指に嵌《は》められた指輪は、印璽指輪《シグネットリング》で公爵の紋章が刻まれている。

印璽を押された書類はヴァッサーレンブルグ公爵にしか発効できない公式書簡の書式だ。国王宛てや、領内の法律の公布に使う。

クロエがルキウスの肩越しから手を伸ばして蠟をとろうとすると、ふわりとルキウスの香りが鼻についた。

不意に、あの夜、首筋に抱きついた感触をまざまざと思いだす。

――ああ、義父さま……義父さまに触りたい……。

そんなえも言われぬ欲望が湧きおこり、ふらりと誘われるように抱きついていた。すぐ近くにいたヘルベルトが、ぎょっと目を見張ったことに気づく由もない。

鼻筋をルキウスの首筋に押しつけると、ルキウスの体がぎくりと身をこわばらせる。

今度はルキウスが挙動不審になる番だった。

「く、クロエ……執務室で私に甘えるのはやめなさい。いや、あー……印璽ならヘルベルトに手伝わせるから」

ぐいっ、と無理やり首に回した手を解かれる。

その言葉と行動でクロエは自分のしたことに気づいた。

——なにを……なにをやっているのわたしは！

さっきは自分の手でルキウスを拒絶しておきながら、自分の欲望のままに抱きついてしまうなんて。

自分で自分のしていることがわからない。

「わ、わたし、ちょっと街に用事があって……夕方には戻りますから！」

クロエは逃げだすようにして、ルキウスの前から去っていった。

羞恥とルキウスに拒絶された痛みとが同時に襲ってきて、心のなかで渦巻いている。

——なぜ、伯爵令嬢クロエならいいのに、娘のクロエは……抱きついたらダメなの？

何度も何度も、こんなにも徹底的に『恋愛方面にだけ』塩対応をされて、さすがに心が折れそうだった。涙がじわりと溢れてくる。

あんなに激しく吸いあげられたにもかかわらず、肌の痣は一週間もしたら綺麗に消えてしまった。

もう化粧で隠す必要はなくなっている。

赤紫の痣が薄くなっていくたびに、ルキウスに抱かれた夜が霧散して消えていくようで、クロエの胸はちくちくと痛んだ。

心に空いた底なしの穴から砂時計の砂がどんどん零れていくように虚《むな》しくなり、もうルキウスと一緒にいられる時間は残り少ないと告げられているようでもあった。

——もう一度、義父さまに抱かれたい。もう一度、肌に抱かれた痕をたくさんつけてもらえたら、この虚しさがいくらかやわらぐ気がするのに……。

いまとなっては、あの夜を思いだすことだけがクロエのささやかな支えになっている。

さすがに冬になる前に結婚して出ていけとは言われないだろうが、春になったらもうわからない。

「義父さま……」

目蓋から零れおちた大粒の涙を手の甲で拭う。

ぶるりと震える体にケープ付きの赤いコートを羽織り、クロエは公爵家の華麗な廊下を足早に通りぬけた。

正直に言えば、自分の感情の昂《たか》ぶりなんて、誤算もいいところだ。

クロエとしては一度ルキウスに抱かれたら、養父への感情はおさまるだろうと思っていた。

なのに、実際には逆だ。もっとルキウスに抱かれたいという感情が激しくなって収拾がつかなくなっている。

もともとは憧れにすぎなかった感情が、体の関係を持ったことで激しい恋情に変わってしまった。

いままで自分がルキウスの前でどんな顔をしていたのかがわからない。

これまでクロエは、ルキウスを誘惑しにやってくる女たちが死ぬほど嫌いだった。

なのに、いま自分が彼女たちと同じような顔をしている気がして、ルキウスのそばにいるだけで感情が乱れてしまう。

「義父さま……もう一度……もう一度わたしを抱いて……」

思いあまった欲望が口から零れた。

欲望のはけ口としてでかまわないから、ルキウスと情欲を交わしたい。あのたった一夜に刻まれた快楽とか、養女としてのクロエでは知りえなかったルキウスの激しさを体に感じたい。

思いだすだけで体の奥が勝手に熱くなり、ぶるりと身が震えた。

なのに、養女のクロエでは首に抱きついただけで拒絶されてしまうのだ。寝室で肌を合わせるなんて不可能に決まっている。

いっそのこと、あの夜抱かれたのは自分なのだと、なにもかも打ち明けたい気分だったが、それもできそうになかった。

そもそも、伯爵令嬢クロエと養女のクロエが同じ人物なのだと証明できるものがなにもない。

憂鬱な気分を抱えて馬車で街へ下りていくと、

「ごきげんよう、クロエ。その後、ルキウスとはどんな具合かしら?」

まるで待ちかまえたように、馬車から降りたばかりのクロエにモーガンが話しかけてきた。

いつものように濃緑のローブを身に纏い、赤みがかった髪は結ばないまま、背に広がるにまかせている。

コートを着ているクロエとは違い、モーガンは薄着だ。

ローブの下からは素肌がのぞいて見えた。

身を飾るものは胸元の首飾りくらいなのに、艶っぽい表情で見つめられるだけで、女でもどきりとさせられてしまう。

石畳の瀟洒な街角に立つ魔女は、やけに機嫌よさそうに微笑んでいた。

†　†　†

城下町ルクスヘーレンは秋の収穫祭を終えて、魔法使いの城と同じように冬支度に入っているからだろう。市が立っていた日と比べると、幾分ひっそりとしていた。

ときおり山から寒い風が吹くせいで、みなマントの前をきっちり締めて足早に歩いている。

馬車だけは忙しそうにたくさん走っていたが、道行く人は魔法使いの娘を気にする余裕すらないようだ。今日は翼猫はいなくて、従者がひとりだけだからというのもあるだろう。目立つ赤いコートを着ていてさえ、忙《せわ》しない街の空気に混じっていた。

その従者に馬車で待つように告げると、目抜き通りから一本奥の通りに入り、すっと背の高いマロニエの樹木を目当てに歩いていく。

晩秋となって葉が落ちきった樹の下に、食事処『マロニエの隠れ家』がある。

ひっそりとした店構えの扉を開けると、チリンチリン、とドアベルが涼やかな音を立てた。

「いらっしゃいませー……ってクロエか……こんにちは。久しぶりだね」

黒いエプロンを腰に巻いたギャルソン――マイカが話しかけてくる。

「こんにちは、マイカ……空いてる席ある？」

先日、唐突なプロポーズを受けたあと会っていなかったから、幾分気まずい。

なのに、マイカはいつもと変わらない調子でにっこり笑うと、

「クロエとモーガンさんなら、いつでも席空いてるよ」

人のいい笑顔で、窓際の席に案内してくれたのだった。

「プロポーズの話は、ほかに誰もいなかったら考えてくれればいいから……なにせ、ヴァッサーレンブルグの白い悪魔に『お嬢さんと結婚させてください』なんて言いに行くには俺だって心構えが必要だし」

あえておどけた調子で話してくれるのは、マイカの気づかいだろう。

相手を必要以上に萎縮させない、こういう細やかな気づかいがうまい青年だということは、子どものころから知っている。

——マイカと結婚する子はしあわせになれそう……。

素直にそう思う自分がいた。

今日もクロエとモーガンが店のおすすめを注文をしたあとで、ふと思いだしたように、マイカがテーブルに戻ってきた。

「そういえば、今年、クロエはもうギーフホルン伯爵領にお墓参りに行ったのか？」

思いがけないことを聞かれてしまった。

「え？　えーっと……近いうちに行く予定ではあるけど……なんで？」

ぎくり、と嫌なふうに心臓が跳ねた。まるで、先日、墓参りだと嘘をついて王都に行っていたことを見抜かれているかのようだ。

お墓参りは二回行ってもいいだろうと、なにか言い訳を考えて出かけるつもりでいた。

そんなクロエの事情など知る由もないはずなのに、マイカはやっぱりなんの気もない様子で言う。

「いやね、今年、公爵殿下が何回も魔獣討伐に出かけていただろう？　ギーフホルン伯爵領で魔獣が暴れていて、それがヴァッサーレンブルグまで流れてくるんじゃないかという噂があってさ……お墓のある教会って国境の近くだって聞いたことあったから……気をつけたほうがいいよ」

警告めいた台詞をマイカが言ったところでまた、チリンチリン、と扉が開く音がした。

新しくやってきた客を迎えに行くのだろう。クロエたちのテーブルを離れたマイカの「いらっしゃいませ」という声が店内に響く。

しかし、不穏な言葉を残されたクロエは、そう簡単に意識を切り替えられなかった。

「国境の魔獣討伐……義父さまはそんなに何回も出かけているの……？」

テーブルの下で震える手を組んで、『魔獣討伐』という言葉の重みを受けとめようと努力する。

自分は聞いていない。塔の研究室にこもりっきりだとばかり思っていたが、そのうちの何回かは討伐に出かけていたのだろうか。

クロエの知らないルキウスの話を他人から聞かされるのは、ひどく居心地が悪い。

――義父さまは……もう、わたしのことを家族だと思ってないのかも……。

もともとクロエから押しかけて無理やり成立した家族ごっこだ。

クロエが大きくなるにつれて、ルキウスがいやになっても不思議はない。

――だから最近、義父さまはわたしに『早く結婚相手を見つけて城から出ていけ』なんて言うようになったの？

ルキウスは本当の父親じゃない。一度、魔法使いの城を離れたら、もうルキウスとの関係はなにもないという寄る辺なさと、それでも好きだという気持ちとが交互に襲ってくる。

「ねぇ……モーガン。お願いがあるの……もう一度、義父さまに抱かれる魔法はないかしら……」

自分をここまで育ててくれたルキウスを二度までも騙すなんて、地獄に落ちるかもしれない。

それでも、ルキウスに抱かれた夜のことが、どうしても忘れられない。

また天涯孤独の身になるのかと思うと、ルキウスに触れられた記憶をもう一度肌に刻みたかった。

魔女は、紅を引いた唇を弧の形に歪めて微笑む。

「いいわよ……かわいいクロエの頼みだったら、お姉さん、がんばっちゃうわ」

軽い言葉の陰に、毒のような悪意が潜んでいるかもしれないとは、ちらりと頭を過ぎった。

いくら知り合いとは言え、ルキウスにクロエが知らない顔があるように、モーガンだって単なる気のいい友だちじゃないことはわかっている。

それでも、その毒を飲んでさえ手に入れたい。

「……クロエも一人前に女の顔をするようになったじゃない」

モーガンがうれしそうに呟いた言葉に、なぜだか泣きたくなった。

多分、クロエはルキウスのために『養女』ではなく、ただの『女』になりたかったし、誰よりもルキウスに女の顔を見てほしかった。

自分の力だけでは叶わなかったのだと思い知らされると同時に、モーガンがわかってくれたことが胸に沁《し》みたのだ。

ルクスへーレンの裏通りの宿屋で服を着替え、化粧をして、モーガンに魔法をかけられる。

――魔法使いの娘クロエから、伯爵令嬢クロエへと変化する。

「新しく別人になりすますより、一度信じてもらえた別人になりすますほうが魔法のかかりがいいの。今回は前のように念入りに魔法をかけていないから……ばれないように気をつけてね」

モーガンの両手が髪に触れ、耳たぶに触れ、鎖骨に触れ、両腕に触れる。

「あなたの名前はクロエ・レーネ・トライデン伯爵令嬢。親から不本意な結婚をさせられそうになって、もう一度、ルキウスの力を頼ってきたのよ」

魔力が体の周囲に流れると、ほんのわずか体が温かくなった気がした。

自分では自分の姿が変わったかどうかはわからない。長い黒髪も華奢《きゃしゃ》な手足もなにも変わっていないようにすら見える。

でも、以前ルキウスは伯爵令嬢クロエには、情けをかけてくれた。

それが彼の欲望を満たすためだったとしても、構わない。

もう一度、ルキウスの欲望に飲みこまれたい。体のあちこちに欲望の痕をつけてほしい。

――そうしたら、少しだけ義父さまとの繋がりがあるような気がするから……。

城を出たらとぎれてしまいそうなルキウスとの関わりを、その証を残したくて、クロエは手を顔の前で組んで、祈るしかなかった。

† † †

モーガンはあえて魔法で飛行せずに「馬車で行きましょう」と言った。

彼女が使う馬車は、魔法の馬車である。

屍人《しびと》の御者に真っ黒な馬。以前、王都に向かうときに乗せてもらったものと同じだ。

もっとも、ルクスヘーレンの街から魔法使いの城までは魔法を使うまでもない。

ゆるやかな九十九折り《つづらおり》の道を登っていくだけだ。馬車を降りたあと、クロエは外套《がいとう》で姿を隠し、フードを深くかぶってモーガンのあとをついて歩いた。

「ルキウス、元気？　ちょっと話があるんだけど、いいかしら？」

執務室の入り口まで来ると、モーガンは部屋の空気をまったく読まずに、よく通る声を響かせた。

仕事中特有の硬質な空気に、ぴしり、とひびが入る。

いち早く反応したヘルベルトの額に青筋が立ったのが見えた。

「モーガンさま……お立ち寄りでしたら、いま立てこんでおりますので、少しお待ちいただけますか？」

ヘルベルトは実はモーガンが嫌いだ。

優秀な家令は他人に好き嫌いを悟らせない技に長けているのに、彼女に関しては嫌悪を隠さない。それはモーガンのほうも同じなようで、ふたりが顔を突きあわせると、いつも険悪な空気が流れるのだった。

やってきた客にお茶を出すか、うかがいにきた侍女やほかの官吏たちは、まるでヘビに睨まれたカエルのように、その場で固まっている。

ため息をひとつ吐いて立ちあがったルキウスが、その場を収めた。

「よい……この話は一度終わりとする。みなもほかの仕事に戻るがいい。私はモーガンの相手をしてくるから、奥の応接間にお茶を運んでくれ」

ここまではモーガンが想定した筋書きどおりだった。

応接間にとおされ、ヘルベルトたちの目がなくなったところからはクロエの出番だ。

舞台の幕が上がり、伯爵令嬢クロエの役がはじまる。

「話というのは、この間の王宮の舞踏会でルキウスと会ったという娘のことなの……知ってる？　クロエ・レーネ・トライデン伯爵令嬢と言うんだけど」

モーガンはルキウスに顔を見せるように視線でうながした。

クロエは顔を隠していたフードを脱ぎ、体をかがめてお辞儀をする。

「あの……公爵殿下……その節は大変お世話になりました……トライデン伯爵令嬢クロエです」

自己紹介は魔法を成功させる上での基本中の基本。

そうしつこく念を押された。

顔を上げて、ルキウスと目が合ったとたん、カチリという絡繰りの歯車が噛みあうような音がする。

魔法がうまく発動したのだとわかる。

クロエは魔法使いではないが、長年、ルキウスやモーガンのような大魔法使いの魔法を見てきたせいだろう。魔法の気配に敏《さと》くなっていた。

「おまえは……」

「ルキウスに会いたいって言うから連れてきたの……ふふふ、迷惑だった？」

迷惑かどうかなんて火を見るよりあきらかだろうに、モーガンは挑発するように言う。

同じ災厄の魔法使い同士と言うだけで、モーガンとルキウスはものすごく仲がいいわけじゃない。

それでも養女クロエがモーガンを慕っていたから、クロエに免じて魔法使いの城にやってくることを許してくれていただけだ。

ルキウスの警戒とモーガンの魔法と、どちらが上回るかは、クロエの立ち回り次第だった。

「私が無理にお願いしたのです。どうしても、もう一度……もう一度、ルキウスさまに抱いていただきたくて……」

外套を脱いでルキウスの側に近づく。

身に纏う赤いドレスは、胸元や袖に編み上げがあり、男性を誘惑するために素肌を艶めかしく見せていた。その肌を見せつけるようにして、話しかける。

「肌につけていただいた痕が……すっかり消えてしまったのです。男がいると父に信じてもらうためにも、もう一度、抱かれたとわかる証を私に刻みつけていただけませんか？」

細くこまぎれだった糸が糸車に巻きとられていくように、クロエの言葉が魔法を伴ってルキウスを搦め捕っていく。

すでに魔法が効果を発揮していたのだろうか。ルキウスはクロエが近づいても拒まなかった。そればかりか、ルキウスは手を伸ばしてクロエの腰を抱きよせてくる。

「……いいだろう。私も、もう一度おまえに会いたいと思っていたところだった」

――契約完了、という声にならない声が、なぜか頭のなかに響く。

モーガンの紅い唇が動いて、声を出さずに呟いた気がした。

応接室の天鵞絨《ビロード》のカーテンの紅が一段と濃くなり、クロエとルキウスを包んでいくような錯覚に陥る。

魔法にかかったのだと考えるまでもなかった。

頭の芯が甘く痺《しび》れて、くらくらと眩暈がする。

ルキウスの唇がクロエのデコルテに触れたのと、モーガンが応接室を出ていったのとは、どちらがさきだったのだろう。パタンと扉が閉じる音を聞きながら、クロエはルキウスの首に抱きついた。

「んっ、……あぁ……ルキウス、さま……」

鼻にかかった声で名前を呼ぶと、甘やかな気分が指先から浸食してくる。

うなじから白金色の髪をかきあげ、さらさらとした光のような髪に指を挿し入れた。

肌の上で蠢く唇の感覚がくすぐったくも心地いい。

ルキウスに拒絶されたショックを感じたあとでは、肌を吸いあげられる痛みさえ、めくるめく勝利の恍惚を呼び覚ましていた。ルキウスを騙しているという背徳感も、クロエにとってはほどよい香辛料になって、酔いしれてしまいそうだ。

モーガンの言うとおりだった。

自分のなかにこんなにずるい女の顔があったことに、クロエ自身、一番驚いている。

「ンぅう……ふ、ぅ……ん……ッ」

唇を重ねて、一度離れたあとで角度を変えてキスされる。貪るような性急なキスは、どこか息苦しく、それでいて自分を求められているようでどきどきした。

しかも、二度目のキスは触れるだけで終わらなかった。舌を挿し入れられて、びくん、と体の奥が震える。

敏感な舌先のやわらかいところを搦め捕られるだけで、忘れていた感覚がぶわっとよみがえる。

たった一度味わっただけの快楽を体が覚えていることに、クロエは軽い衝撃を覚えた。

「あっ……ンぅ……あぁんっ……っはぁ……」

我慢できずに、唇からあえかな声が漏れた。

ルキウスの舌先はクロエの口腔の敏感なところを次から次へと蹂躙《じゅうりん》して、反応をもてあそんでいるかのようだ。びくん、と腰が揺れるたびに、抱きしめる手も動いて腰を撫でるから、ぞわりと背筋に震えが走る。

腰が砕けそうになって、もっと深くルキウスからキスを貪られる羽目になった。

ルキウスの腕に支えられて、覆いかぶさるような格好でキスをされている。そう自覚した瞬間、このまま死んでもいいと思ってしまうくらい頭の芯が蕩けた。

「ん、ぅ……ッはぁ……ンぅう……んんッ！」

誰ともつかない唾液が絡まり合って、ごくり、と苦しいのどの奥で飲みこむ。

まだキスしかされていないのに、溺れそうになってしまう。

公爵に抱かれた初心な娘というのがクロエの役どころだ。

それはわかっているのに、自分だけが心を乱されていることが耐えがたくなって、たまらずにルキウスの後ろ髪を束ねるリボンを解いた。

髪をぐちゃぐちゃにかきまぜながら抱き合うのは、普段のクロエだったら絶対やらない行為だ。

いつも落ち着いた表情を浮かべているルキウスの髪を乱せるのは、いま自分だけだと思うと、いっそ自暴自棄めいた、すがすがしい気分になっていた。

――だってこうでもしなかったら、義父さまを手に入れられない。たとえ一時でも、娘のクロエには機会がなかったんだから……。

モーガンが貸してくれたのは背中に結び目があるコルセットドレスだ。

一見、ひとりでは着るのが大変そうに見えるが、実はその逆で、脱がせやすく、ドレスをぐるりと回転させればひとりで着やすい。

ルキウスはこういうドレスに慣れているのだろう。躊躇なくクロエの体をぐるりと回転させて、背中の編み紐を器用にゆるめはじめた。

紐を解くのに邪魔にならないように、自分の長い黒髪を抑えている間、しゅるり、と編み紐を引っぱる音が響くだけで、とくんとくんと心臓が高鳴る。

ルキウスの指先が自分の服を脱がせていると思うだけで、期待に体が震えてしまう。

やがて、十分、コルセットの紐がゆるんだのだろう。背中越しに伸ばされた手で、ドレスから双丘を引きだされるなり、荒々しく揉みしだかれた。

「っあ……ふぁっ、あぁ……ンぁあんっ……」

ルキウスの骨張った手が乳房を掴むたびに、自分の口からあえぎ声が零れる。

拙速な手つきからすると、ルキウスはすでに情欲をかきたてられているのだろう。

背中越しに腰を押しつけられた瞬間、すでに硬くなった肉槍が自己主張していた。どきり、と鼓動が跳ねる。

ルキウスにかけたのがどんな魔法なのか、もっと正確にモーガンに聞いておけばよかった。

正直に言えば、まさかルキウスがこんなに早くその気になるとは思っていなかったから、クロエのほうこそ、心の準備ができていない。

肌を愛撫されて、腋窩から胸を揉みしだかれると、びくびくと官能をかきたてられてしまうのに、わずかに怖じ気づいてもいた。

「っあぁ……ルキウスさま……ッ……あぁン……！」

――どうして。

鼻にかかった声を漏らしながら、頭のなかでは堪えきれない感情が悲鳴をあげる。

クロエが近づいたときは手を振り払ったくせに、伯爵令嬢クロエはいいのかと、どす黒い感情が湧きおこる。

それだけモーガンの魔法がうまく効いていると言うことなのだろうが、自分自身にさえ、嫉妬してしまう。

背中に触れる唇は冷たくて、なのに、吸いあげられた痕は火傷《やけど》をしたようにひりつく痛みを訴えて熱くて――どきどきした。

いままでルキウスに触れられた、どの瞬間よりも恍惚とさせられている。

「あ……あぁ……っはぁ……」

肩胛骨に沿ってルキウスの舌が這う間にも、指先が胸の先をもてあそぶ。

硬く起《た》ちあがった赤い蕾を潰されて、親指の腹でこすられて、きゅっと抓みあげられると、クロエはたまらずに手近の本棚に手を伸ばした。

「ひゃ、あぁ、あっあっ……やっ、あぁン、そこ、感じて……あっ、あぁっ」

ルキウスの指が胸の先を抓むたびに、短い嬌声がほとばしって止まらない。

執務室近くの応接間だからだろう。重厚な革の背表紙の並んだ棚に、淫らな行為で手をつくというのは背徳的で、ダメだと思えば思うほど、クロエの体は敏感に反応してしまう。

クロエのそんな感情を見透かしたのだろうか。ルキウスは、耳元で低く囁いた。

「手を本棚についたまま、足を開いて……クロエ。いい子だね」

淋しい子どもを慰めるように、いい子だね、と言われたことはあったのに、こんな甘くねっとりとした口調で言われるのは初めてだ。

闇に墜《お》ちていくのが、こんなにも心地いいなんて知らなかった。

理性がルキウスの言葉に抗っていることさえ快楽を増して、ぶるりと腰が揺れる。

本棚に手をついた格好で足を開くと、ルキウスの前でひどく無防備な姿をさらす羽目になっていた。

「っはぁ……っあ……これ、で……いいですか?」

要望に従いましたと告げるように肩越しに振り返ると、ルキウスは薄く微笑んでいた。

情欲を満たそうとするときには養父はこんな顔をするのかと、心臓がどきりと大きく跳ねる。

十年育ててもらった養父の、見知らぬ顔が恐い。なのに、ひどくそそられてもいる。

その見知らぬ男の顔をしたルキウスの手が、スカートの下に伸び、ズロースの腰紐《こしひも》を解いて、床に落とす。

すーっと臀部が涼しくなり、また心臓があやしく跳ねた。

ペチコートごと腰の上にスカートをたくしあげられると、スカートがずり落ちないようにだろう。口のなかに無理やりペチコートの端を押しこまれる。

「ほら……クロエ、ペチコートを噛むんだ。そのまま、いいと言うまで、放してはダメだぞ……」

誘うような響きでクロエに言い聞かせたルキウスは、なにをするつもりなのだろう。クロエの背後で屈《かが》みこんでしまった。

「ルキウス……さま？　なにを……」

驚いて布を噛んだまま、問いかけていた。実際には不明朗な言葉をもごもごと漏らしただけだったのに、魔法使いには通じたらしい。

「さっき動くなと言わなかったか……肌に痣をつけるなら、簡単に他人から見えないところがいいだろう？」

思わせぶりな言葉を吐いて、露わになったクロエの臀部を掴む。

まだ日は高いから窓から射す光は明るい。そんな昼日中に情事にふけっているという非日常感と自分の陰部を見られている恥ずかしさで頭がおかしくなりそうだ。

なのに、動くなと言われたから動けない。

「かわいいお尻が震えているな……こういうことは初めてか？　痕をつけるのがもったいないくらい真っ白で穢《けが》れを知らないお尻だ……」

低い声で囁きながら、ルキウスは臀部の膨らみを吸いあげた。痛みよりも恥ずかしさで跳びあがりそうになるのをクロエは必死に耐えた。

ルキウスの唇は、臀部からもっと陰部に近い太腿の内側へと動き、敏感な柔肌にキスをする。

「っぁあ……ンぅ……んぐっ……」

臀部を掴まれたまま、肌を吸いあげられ、びくんびくんと体が跳ねる。

十分に声を上げられないのも、官能をかきたてられる一因になっていた。

堪えきれない愉悦が身震いを引きおこして、体の芯が熱くなる。ルキウスの指先が、淫唇に伸びると、脚と脚の狭間《はざま》はすでに濡れていた。

粘ついた蜜がくちゅりと音を立てる。

「もっと腰を突き出して……クロエ。私の命令が聞けるな？」

命令めいた物言いに、こくこくと首肯する。

自分のペチコートで口が塞がれていたのもあったが、それ以上に声を出す余裕がなくなっていた。

羞恥と快楽がないまぜになって襲ってきて、頭の芯がくらくらとする。

「ふ、こう……ですか……あっ、ンぁあ……ッ！」

本棚の横板を指先で強く掴みながら腰を突き出したところで、舌先で淫唇をつつかれた。

濡れて敏感になった場所を触手のような舌でねぶられて、声を抑えきれなかった。体の芯から甘い疼きが湧きおこり、かくん、と膝が崩れそうになる。

クロエの膝が震えているのは気づいているだろうに、さらにもてあそぶように舌を動かされて、びくびくと痙攣するように体がおののいた。

抑えきれない嬌声が、くぐもった音になってほとばしる。

「ひゃ……ンッ……あっ、あぁっ……ふぁ、ぁ……ンぁあっ……ンッ！」

下肢の狭間から、とろりと快楽を覚えたことを示す淫蜜が溢れた。背筋に甘い震えが走る。

そこに今度は指先を当てられたものだから、違う刺激を感じて、腰がまた揺れた。

「この間は処女だったのに、ずいぶんと物欲しそうにひくついているな……早く入れてほしいのか？」

そんな嘲りめいたことを言われても知らない。

自分でも自分の体のことがわからない。

それでも、汗ばんだ体がうっすらと赤く染まっているのは確かで、ルキウスの言うとおりなのだろう。指先が淫唇に触れるだけで、ずくりと腰の奥が疼いた。

すっと立ちあがったルキウスは、いつのまにトラウザーズの前をくつろげていたのだろう。濡れた淫唇に硬いものを押しつけてくる。

まだ膣内に入れられていないのに、期待だけではしたなくも達してしまいそうだった。

——ああ……義父さま……。早く……早く欲しい……。

ペチコートを噛んだまま、はふり、と熱っぽい息を吐きだした。

一度快楽を知ってしまうと、もう初心な体には戻れないのだろうか。初めてのときとは違う強い情欲に、自分自身が一番驚いている。

早く膣道の空隙を埋めてほしいとばかりに、硬い肉槍を求めて腰が揺れた、そのときだった。

コンコン、と扉をノックする音がして、熱っぽい空気が一気に醒《さ》める。

「ルキウスさま、ご来客中に申し訳ありません。少しだけ、よろしいでしょうか？」

ヘルベルトの声がかすかに聞こえて、ぎくり、と身がこわばった。

クロエが我に返ったのはルキウスにもわかったはずだ。なのに、まるでここで冷静になるのは許さないとばかりに、淫唇に触れる肉槍を動かされ、

「っあ、あぁ……ッ……あっ……！」

堪えきれない甘い声が漏れてしまった。

クロエだとヘルベルトに知られているわけではないのに、いやいやと首を振っていた。理性では割り切れない、クロエの常識的な感覚が振り切れてしまいそうだったのだ。

なのに、ここで止めるのは許さないとばかりにまた肉槍を動かされて、ぞわりと背筋に震えが走った。

――ダメ……イっちゃう……わたし、わたし……。

ぬるり、とクロエの淫唇から零れた液を潤滑油代わりにして、敏感な淫唇をこすられる。

俗に言う素股という行為をさせられているのもわからないまま、官能を昂ぶらされてしまう。

「っあぁ……ンぁあ……ッ！　あっ、あぁ……」

ルキウスの肉槍が動くたびに、びくびくと腰が揺れて、嬌声が零れた。

ペチコートを必死に噛みしめても、声が漏れてしまう。体が敏感に反応してしまう。

どうしたらいいかわからなくて、じわりと苦い涙が溢れた。

そんなクロエの状態はわかっているだろうに、いま淫らな行為をしているとは思えないほど冷静な声音で、ルキウスが返事をする。

「ヘルベルト、領内の問題なら、おまえの判断で処理していい……例の件なら、返事は待たせるだけ待たせておけ」

決して大きな声ではなかったが、いつものように魔法を使っているのだろう。

「わかりました……」

簡潔に答えたヘルベルトが、ため息を吐いたあとで去っていく。

遠ざかる足音がかすかに聞こえた。応接間には控えの間がついているから、廊下側の扉が開閉する音がして、クロエはようやく緊張から解き放たれる。

そのとたん、胸をわしづかみにされて、ぞわりと違う刺激に襲われた。

「ん、ぁあ……っはぁ……あっ、ぁふ、ぐぅ……ッ！」

腰を揺らされながら、胸をもてあそばれると、下肢の狭間と胸と両方から与えられる快楽とで、頭の芯まで愉悦に溺れてしまう。

切羽詰まった腰の動きで、体の内側で昂ぶる快楽の波を見抜かれていたのだろう。胸の先をきゅうっと抓まれたとたん、びくん、とまた大きく体が跳ねた。

最初の絶頂に上りつめさせられて、体が軽く弛緩する。ぶるり、と体全体が愉悦を貪るとき特有の震えを覚えた。

頭が真っ白になったところで、限界だった。

口にしていたペチコートがはらりと膝に落ちて、体を本棚にもたせかける。

「ルキウス、さま……もう、意地悪なさらないでください……」

——ダメ。こんな義父さまにもてあそばれていたら、わたし……。

「頭がおかしくなりそう……」

かすれた声が甘えた響きを帯びて零れる。

頬を真っ赤に染めたクロエの訴えに、ルキウスがごくりと生唾を飲みこんだことに気づく余裕もない。

「じゃあ、壊れた人形のように……頭がおかしくなればいい……どうせ、このひとときだけの関係だ。溺れるくらい楽しんでちょうどよかろう」

——溺れて……いいの？　義父さま……わたし、本当に、もう……。

ルキウスに触れられているだけでうれしくて、快楽に体が悦《よろこ》んでいたのに、背徳と緊張感に揺さぶられたあとでは、欠片ほど残っていた自制心が吹き飛んでしまいそうだった。

背を本棚に預けてどうにか立っているというのに、ルキウスの手がクロエの太腿を持ちあげて、腰を押しつける。

無理やりな姿勢で硬く反り返った肉槍を挿入したのだった。

「ひゃうっ、あっ……ンぁあっ……あ、ぅ……は、ぁ、あぁん……ッ!」

不自然な格好で体を突きあげられて、たまらずに悲鳴めいた声があがる。

胃の腑が押される感覚が苦しい。なのに、クロエの膣道は肉槍の動きに合わせて、愉悦に疼いてしまう。

きゅうきゅうと子宮の奥が痛いほど収縮して、ルキウスの肉槍を奥へ奥へと招きいれる。

切羽詰まった愉悦は決して楽な快楽ではないのに、こんなふうにルキウスに抱かれたかったと満たされている自分がいた。

ルキウスが、こんなに余裕のない抱き方をする男だとは思ってなかった。

妄想で思い描いていたルキウスは、クロエを抱くときでさえやさしくて、ただふわふわと心地よい快楽を与えてくれる存在だったのに、現実は違った。

なのに、この現実のルキウスがクロエはいとしい。

自分の体を求めて、切羽詰まったように肌に触れてくれる彼をもっと感じていたい。

クロエが女の顔をしていると言われたように、いまのルキウスはクロエのやさしい養父ではなく、男の顔をしているのだろう。

激しく抱かれるほうが、ルキウスに体を蹂躙されているのだという実感が湧いてうれしい。

快楽と苦しさの狭間で、クロエはわずかに微笑んだ。

肉槍を抽送しているとき、ルキウスはどんな表情をしているのだろう。

気になったクロエが、ちらりと目線を向ければ、思いがけずルキウスと視線が絡んだ。

氷のような色素の薄い瞳に、情欲がちらちらと浮かびあがる。

もっと感情の起伏が少ない人だと思っていたし、魔法で世界を滅ぼしたなんて嘘ではないかと半ば思っていた。

でも、いまのルキウスを見ていたら、不思議と信じられる。冷酷で苛烈で、ともすれば世界を滅ぼすほどの激情が、この冷静な仮面の下に隠れているのだと。

目が合ったのが合図になったのだろう。

ルキウスはクロエの腰を抱きよせ、また一段と抽送を速めた。

「あっ、あっ……かはっ、はぁ……ンぁあ……やぅ……本当に、おかしく、なる……ふぁんっ！」

ルキウスの責め立てがあまりにも激しくて、立っていられない。

半ば、肉槍に刺さったまま抱きあげられているような格好で、されるままになってしまう。

「もっと、めちゃくちゃに、して……」

――荒々しい義父さまの顔を知りたい。

いい子の養女のままでは知りえなかった顔を見たい。

体を貫かれたまますするキスは、どこか汗ばんだ味がした。

いつもの涼しげな顔をしたルキウスじゃなくて、性欲が滲んで荒ぶった彼のキスは性急で、貪るように吸いついて、クロエの口腔を蹂躙してくる。

——子どものころ信じていた、ヴァッサーレンブルグの白い悪魔そのものみたい……。

魔物を引き連れて吹雪の夜に百鬼夜行をする魔王のような、すべてを食らいつくすキスだった。

「ンぅ……はぁ、あぁ……ひゃ、あっ……んぁっ……あぁン……ッ！」

舌を絡められてぞくりと腰が揺れる。

初めてキスをしたときには、うまく息が吸えなくて息苦しかったのに、ルキウスの舌がわずかにゆるんだ隙を縫って、息を吸うのにも慣れてきた。

自分の体が女に変化したのだと感じながら、ときおり反撃するようにルキウスの舌に自分の舌を絡めてみる。

少し驚いた反応を見せるルキウスが新鮮で、そんな反応もいとしかった。もっと感じていたかった。

けれども、さっきから激しく突きあげられていたせいで、涙がひっきりなしに溢れて、ときおり意識も飛んでしまっていた。

モーガンにしてもらった化粧はもう崩れてしまっただろう。何度もキスされたせいで口紅ははげてしまっただろうし、クロエは酷《ひど》い顔をしているはずだ。

ルキウスの腕に抱きついていると言っても腕に力は入らないし、快楽を感じすぎたせいで、淫唇の感覚も鈍い。

もう限界――そう思っていたのに、突きあげられたままルキウスの指が臀部に触れ、ゆっくりと淫唇まで愛撫してくると、また激しい愉悦がよみがえった。

「やっ、あぁん……あぁッ！　ひゃ、あっ……ンぁああッ！　ルキウス、さま……ひぅ、あっ、あっあああ……ッ！」

ぞくんぞくん、と腰の奥が脈動するように疼いて痛い。

ルキウスに肌を触れられているだけでずくずくと感じているのに、淫蜜を垂らした淫唇を撫でられると、それとはまた違う、鋭い快楽が湧きおこり、頭が混乱する。

肉槍に貫かれて体の奥を蹂躙されるのと、淫唇に触れられて愉悦をかきたてられるのと、違う刺激が同時に襲ってきて、ぞわり、と体の内側を快楽の波が走った。

快楽に蹂躙されるのは、甘い毒に痺れていくみたいだ。

体を内側から舐めつくされて、クロエの恥ずかしいところをすべて暴かれてしまう。

膣道を深く穿《うが》った肉槍がぶるりと震えて、その瞬間、クロエも頭が真っ白になっていた。

白い精を体の奥に放たれたとき、どうか子どもができますようにと祈る。

魔法で子どもは作らせてもらえないだろうとわかっていても、ルキウスの子どもを孕《はら》みたかった。

そうすれば、いくらクロエにだけはお堅いルキウスだって、諦めてクロエと結婚してくれるかもしれないのに。

「……っ、ク、ロ、エ……」


熱っぽい声で呼ばれたのは自分の名前じゃないとわかっている。

わかっていても、きゅん、と心臓をわしづかみにされてしまう。

体力の限界で、意識が朦朧《もうろう》としていたせいだろう。本当の名前を呼ばれて、本当の自分を抱いてくれた錯覚に陥り、クロエはうっかり間違えてしまったのだ。

陶酔にうながされるように、ルキウスの首に手を回して、

「義父さま……」

と思わず呟いてしまった。しまったと思ったときには、もう遅かった。

パリン、とガラスが割れた音が室内に響く。

実際にガラスが割れたわけではない。モーガンの魔法が破れた感覚が、ガラスが割れた音となって聞こえたのだった。

――魔法が消えてしまった。

その瞬間のえもいわれぬ喪失感をなんて表現したらいいのだろう。

体中の血がなくなり貧血状態になった心地に似て、目に見えている世界がひどく青褪めて色を失いながら、ゆっくりと動いている。

熱に浮かされたルキウスの顔が、さっと醒めたのがわかった。情欲が一瞬にして萎えたのだろう。

目を瞠り、クロエを見下ろす顔は愕然《がくぜん》としている。

その瞬間のルキウスの表情を見て、わかってしまった。

――やっぱり、わたしじゃダメだったんだ。

抱かれていたときは浮かれて、自分がルキウスの前でも女として見てもらえた気がしたのに、すべては幻想だった。

モーガンの魔法が解けてしまえば、クロエ自身にはなんの魅力もない。

体だけルキウスに抱かれたところで、その一過の関係性だけで誘惑できるほどの力はなかった。

――自分はルキウスにとってなんの価値もないのだと思いしらされる。

ぽろぽろと、大きな涙が頬を伝って零れた。

精を吐きだしたからと言うだけではないのだろう。ずるり、と萎えた肉槍を体から引きだされると、なおさらすべてが終わってしまったと思えた。

魔法にかかっていた時間が楽しければ楽しかった分だけ、解けた瞬間の現実は惨めだ。

いたたまれない空気が流れるまま、ルキウスが身なりを正すのを見て、クロエも泣きながら自分のドレスをもう一度着付けた。

指先に力が入らなくて、編み紐を結ぶ手が震える。

どうにかドレスを着直せたと思ったのはクロエだけで、実際には乱れた着付けだったからだろう。

ルキウスはクロエの肩に自分の上着をかぶせた。

それがまた惨めな気持ちをさらに増したのだった。

「クロエ？　本当にクロエなのか？　まさかモーガンに騙されて……あの幻惑の魔女め！」

ルキウスがいつになく激しい口調で罵りの言葉を口にする。

呪文めいた言葉は古代の呪いの言葉なのだろう。クロエには意味がわからなかったが、ただの悪口雑言でないことはルキウスの表情だけで感じとれた。

ルキウスはクロエが誘拐されかけたとき同様、あるいはそれ以上に怒っていた。

こんな感情を露わにしたルキウスは、クロエでさえ見たことがない。

怒りのあまり、自然と魔力が暴走して、ぱちぱちと雷が部屋のなかを走っていた。

「違う！　モーガンは力を貸してくれただけ……わたし、騙されてなんかいない。わたしの意思です、義父さま。わたしが望んだの……騙してごめんなさい」

震えながら、頭を下げるだけで精一杯だった。

ルキウスが怖かったからじゃない。すべて終わったと感じて、ともすれば絶望で床にくずおれてしまいそうだったからだ。

しかし、自分が望んだせいでモーガンが罵られるのは違う。それだけははっきりと伝えておかなくてはと、クロエはばらばらになりそうな心を必死にかき集めていた。

ルキウスの心には自分を恋愛対象にする気持ちは一欠片《ひとかけら》もないのだと思うと、それだけで涙が溢れてくる。目の前が真っ暗になり、ずきずきと胸が痛んだ。

本当の親子じゃないから血縁関係はない。

結婚して嫁いでしまえばもう、ルキウスとは赤の他人になる。

「見知らぬ伯爵令嬢だってゆきずりに抱いてもらえるのに……義父さまにとってわたしは……そんな酷い顔をするくらい、女として魅力がないのですね……」

言葉にしてみると虚しくて、どうにか保っていた心がまた、さらさらと流れおちる砂のように零れおちた。

もともと、クロエのほうから無理やり魔法使いの城に置いてくれと頼んだだけの存在だ。無力な子ども時代ならともかく、いまのクロエは十八才になった。

字の読み書きもできるようになったし、算術もできる。簡単なものなら帳簿付けもできるから、どこかで雇ってもらえるかもしれない。

いまはもう——魔法使いの城に置いてほしいと頼まなくても、ひとりで生きていけるはずだ。ルキウスに泣いて頼んで庇護してもらう必要も義務も存在しない。

「クロエ？　なにを言って……いや、なんでこんなことをしたんだ⁉」

クロエの精一杯の告白をルキウスはどう受けとめたのだろう。とまどいと怒りをはらんだ言葉からは、ルキウスの感情は読みとれなくて、クロエは小さく鼻をすすった。

「子どものころ、初めてわたしが魔法使いの城に来たときのこと、義父さまはもう覚えていらっしゃらないと思いますが……わたしは忘れたことはありません。あの城は『魔法使いルキウスの魔力が尽きないかぎり崩れることはない』と話してくださったときから、ずっと義父さまのことが好きでした」

わたしに生きる居場所をくれたひと。

寝起きが悪くて、普段は人並み以下の生活習慣をしている引きこもりのくせに、恐ろしい魔獣を簡単に倒せてしまう強大な魔法使い。

クロエはずっとルキウスの面倒を見てあげていたけれど、本当は逆だとわかっていた。わかっていて、面倒を見てあげているふりをしていただけだ。

朝、少々寝起きが悪かろうが、公爵家になかなか顔を出さなかろうが、なんの問題もない。ルキウスはクロエがいなくても、平気なのだ。

クロエがルキウスに必要とされたくて、現実を見ない振りをしていただけだった。

「そんなことは……おまえが城に来た日のことは、いくら私だって覚えて……」

ルキウスの言葉を半ば遮るように、クロエは切りだした。

「義父さま、わたし……結婚します。結婚の申しこみをされているんです……だから、義父さまとはもうお別れです。さようなら」

長年、お世話になったお礼の気持ちをこめて、体をかがめ、スカートのなかで足を交差するお辞儀をすると、涙が頬を止めどなく流れた。

茫然とするルキウスを残し、クロエは応接間を出て、公爵屋敷の上階にある自分の部屋へとすばやく逃げこんだ。

先日出かけたときに、旅用の革のトランクに必要最低限の荷物だけは詰めこんであった。

母親の形見の十字架は持っていかないといけない。下着の替えと身分証明書。櫛はいるけど、化粧道具はもう使わないだろう。置いていくことにした。

正確に言えば、クロエの持ち物は十字架だけだ。

それでも、自分が使っていたレシピやお気に入りの本、外出用の服一式くらいは持っていきたい。

これからさき、お金が入る宛てがないのならなおさら、身なりは重要だった。

どこで雇ってもらうにしても身元不明の人間は嫌がられるからだ。

ルキウスの臭いがついた上着もこのままもらってしまおう。

一瞬だけ、上着に顔を埋めて臭いをかぐと、涙と鼻水がつく前に顔を上げた。

ハンカチで強く鼻をかむ。

魔獣の返り血で何着もダメにしているくらいだ。ルキウスは上着の一着くらいなくなっても気にしないだろうし、思い出のよすがとして手元に置きたかった。

小金を貯《た》めておいた財布をいくつかに分けて体に隠し持つと、クロエは帽子をかぶって上着の上からケープ付きの外套を着こんだ。

トランクを持って、部屋を振り返る。

公爵令嬢クロエに用意された部屋は、応接間と書斎、それに冬でもあたたかい寝室に侍女の控えの間がついた贅沢なものだった。

クロエが侍女を恐がってからは、控えの間は使われていない。

同じ階層の奥にはルキウスの部屋があり、ルキウスが塔の上から下りているときは、クロエもそちらの部屋に入り浸っていた。

思えば、ルキウスだけをずっと追いかけてきた十年間だった。

彼がいないと不安になり、少しでも彼の役に立ちたくて、掃除も洗濯もお菓子作りも繕い物も、貴族の娘には必要がない技能なのに、ルキウスの側にいるためだけに覚えたのだ。

でも、本当はわかっていた。

公爵家は必要とあればいくらでも人を雇うだけの財力はあるし、ルキウスは魔法でたいていのことはどうにかしてしまう。

だから、自分がルキウスの側にいてもいいと、その免罪符のためになにかしたかっただけだった。

「さようなら、義父さま」

部屋を出て扉を閉めると、使用人が使う裏の階段を使って城門まで下りる。

まだ夕方に街へ降りる馬車があるはずだった。

広大な公爵屋敷に勤める使用人は千人をゆうに超える。

城を維持するには人員が欠かせず、その人員を食べさせる食材もまた仕入れなくてはいけない。

特に秋は保存用の食料を大量に倉庫に仕入れるから、朝と夕方の二回、搬入用の馬車が行き来しているのだった。

荷物が空になった馬車の荷台にこっそりと忍びこみ、九十九折りの道を下っていく。

街へと向かう間、クロエはこれが魔法使いの城を見る最後だとばかりに、尖塔の姿を目に焼きつけた。

天を突き刺すがごとく手を伸ばした岩山の尖塔が、あんなに怖かったのが嘘のようだ。

いまはもう長年過ごした家で、クロエの大好きなルキウスが暮らす場所で、そこにもう二度と戻らないと思うだけで、また涙が溢れてくる。

――高く細い孤高の尖塔は、人からは畏れられ、冷酷な魔法使いだと言われてきたルキウスの姿とどこか重なって見えた。

第五章　魔女は嗤《わら》う、魔法使いは怒る

クロエが応接間を出ていったあと、ルキウスはしばらくその場から動けなかった。

ひとりで残されると、さっきまでの熱を失った部屋が、まるで拷問部屋に変わったかのようだ。

床に落ちたままのクロエのズロースに気づいて、感情にまかせるままに暖炉に投げ入れたものの、そんなことぐらいで荒ぶった感情が収まるわけがなかった。

自分が大失態を侵したことはわかっている。

幻惑の魔女の魔法に嵌められたのだと言うことも。

「モーガンめ……ッ！　わかっていて魔法をかけたな！」

激しく苛立っているのは、娘を抱いたときの感触が腕によみがえると、また欲情しそうになるせいでもあった。

鼻にかかった声が耳元によみがえると、魔法が解けたいまでは、女声が娘の声に取って代わり、その声に情欲をかきたてられてしまう。

自分自身の認めたくない感情を逆撫《さかな》でされた苛立ちは、誘惑してきた『クロエ』にぶつけられるはずがなく、魔法をかけたモーガンに向かう。

幻惑の魔女は、かつてはたがいに殺しあうつもりで戦った相手だ。

いくら娘を通じてささやかな交流を持っていたとはいえ、魔法をかけられ、罠にかけられた屈辱を思うと、かぁっと頭に血が上る。

突然、溶岩が吹き出したように理性が吹き飛んで、部屋のなかに星の雨を降らせそうなほど、怒りが湧きおこった。

「魔女を城に入れるのではなかった……クロエと話すのを許したのが間違いだった！　いや、あの女狐《めぎつね》の息の根をかつて止めていれば……！」

壁に手を打ちつければ、やるせない怒りが雷撃となって周囲に火花を散らした。

あやうく本棚の本を燃やしそうになった瞬間、あわてて我に返る。絨毯を焼け焦げにしてはクロエに何度も怒られたから、怒りを制御しなくてはという意識が残っていた。

しかし、魔法はどうにか抑えられても、感情は簡単に収まりがつかない。

かろうじてとどまっているのは、自業自得だという罪の意識があったからだ。

――いつから私はクロエを抱きたかったのだろう。

まだ幼かった娘を庇護している自覚があった間は、いい養父であろうと努めていたはずだ。

自分にも弱い生き物を守りたいという感情があることに驚いたが、城に置いてくれと頼んできた幼女を拾ったのは、犬猫を拾ったのと同じ。

ただの気まぐれのつもりだった。

どうせ子どもは自分を恐れて近づきたがらないだろう。

そう思ってヘルベルトに世話を頼んだつもりなのに、クロエは公爵家の侍女を怖がり、高い塔の上までやってきては、ルキウスのあとをついて回ってばかりいて――。

その姿が、なぜだか、ルキウスの心の琴線に触れた。

四百年以上生きて、ひとりでいることに慣れていたはずだ。

しかし、自分でも意外だったことに、やさしそうな女よりも自分のそばにいたいのだと言われたことが、よほどうれしかったらしい。

気がつけば、子どもの要望をなんでも叶えてやりたいと思うようになっていた。

犬猫を愛玩するに等しい気持ちだと思っていたのに、庇護欲が独占欲に変わったのは、正確にはいつからだったのだろう。

はっきりとした記憶がないから、ゆっくりと時間をかけて、大きくなった娘に対する感情が変わったのかもしれない。

年頃になったクロエを見るたびに、その顔や髪に触れたいという欲望を抑えられない自分がいた。

ときにはその感情を抑えきれなくて、髪に口付けしたり、子どものころと同じように膝に乗せてしまった。

そのたびにクロエに嫌がられるのは、反抗期というものなのだと、ヘルベルトから教えられたこともあった。

彼曰《いわ》く、クロエが大人になる上で必要な通過儀礼なのだと。

ふとした瞬間に腕のなかに娘を抱きしめ、クロエの臭いをかいでいるうちに、肌に口付けをしたいという肉欲を覚えたのは、正直に言えば久しぶりのことで、何度か衝動的に触れてしまうまで、自分のなかに欲望が芽生えていることにすら気づいていなかった。

しかし、魔女には見抜かれていたのだろう。

そういう人間同士の感情には敏いのが、モーガンという魔女の真髄だ。

だから出し抜かれたのだ。

いやらしいまでに、本人さえ気づいていない感情をすくいとり、その感情を魔法で搦め捕っては、彼女の思うままに幻惑されてしまう。

「あらあら……せっかくお膳立てしてあげたのに、台無しにしちゃったの？　いくじなしねぇ……」

いつのまに部屋に入ってきたのだろう。

それとも初めから部屋を退室してなどおらず、すべてを見られていたのだろうか。

艶めいた声を響かせながら、濃緑のローブを着た魔女がルキウスの前に姿を現した。

どちらにしても幻惑の魔女には簡単なことだったのだろう。

モーガンの魔法は、ルキウスの弱点を突くのに長けているからだ。

正面切って殺しあいをするだけなら、モーガンの魔法はルキウスの敵ではない。

彼女の攻撃魔法はルキウスの防御を突き破れないし、強力な星の雨を防ぐ手立てもない。

一方的な殺戮《さつりく》になるくらい実力差は歴然としている。

しかし、実際には、直情的で攻撃的な魔法を使うルキウスが、もっとも苦手とするのがモーガンの幻惑の魔法だった。

攻撃魔法ならルキウスはいくらでも防御できるし、大きな魔力を一度に発動されるほうが魔法で探知しやすい。しかし、モーガンの魔法は違う。ひとつひとつはとるに足らない魔法ばかりで、普通だったらルキウスの魔法防御で弾いてしまうような魔法ばかりだ。

彼女が得意とする魅了も姿変えも、ルキウスには直接的には効かないはずだった。

しかし、その小さな魔法を束ねたものはまた別だ。

クロエに対する感情の隙を突かれ、少しずつ、ルキウスが気づかないていどに意識や視界を歪められていたのだろう。

気づけば彼女の領域《テリトリー》にとりこまれていたのだ。

自分の城のなかで、そんな仕打ちを受けたルキウスの怒りは頂点に達していた。

「災厄の魔法使い同士は干渉しない……その不文律を破ったのは、モーガン、おまえのほうだ……」

クロエのことを、ずっと慈しんで育ててきたのに。

人間の物真似をして、いい父親をしていられるうちに、しあわせな結婚をさせて送り出してやりたかった。

欲望を抱いている自覚はあっても、こんな結末を迎えるなんて想像したこともなかったのだ。

その怒りをぶつけるように、彼女を睨みつけた。

「まぁああ……怖い怖い。破滅の魔法使いを怒らせちゃったかしら？　でも、気持ちよかったでしょう……だってあなた、ずっとあの子を抱きたかったのだものね？」

モーガンの、深淵《しんえん》のように黒い瞳は、すべてを暴きたてる。

耳障りなほど甘い声がルキウスの理性に爪を立て、惑わせようとしているのだろう。

殺意が芽生えるのは、そういうところだ。

こちらの頭に血が上り、我を忘れそうになっていても、魔女はいつでも余裕たっぷりに、自分は悪くないという顔をしているのだ。

「同じ災厄の魔法使い同士。一種の同属じゃない。そのよしみで長年の欲望を満たしてあげたのに、そんな鋭い目を向けられると、私、傷ついちゃうわぁ……まぁ、ルキウスのためにやったわけじゃないけど」

「おまえにそんな親切心を期待していない。むしろ迷惑だ」

欲望を満たされたという意味では確かにすっきりとしていたが、その事実がまた自分の大切な養女を穢してしまったという罪悪感を呼び覚ます。

自分の宿敵である魔女に騙された屈辱に、魔力が暴走するほど、我を忘れている。

この状態のルキウスをいつまでも挑発しているのは、モーガンにとっても危険だと知っているはずなのに、モーガンはどこまでも魔女らしい振る舞いを変えない。

わざとらしくため息を吐かれ、猫なで声を出された。

「私だってクロエのことをかわいがっていたんだもの……クロエの頼みじゃ断れないでしょう？　こんな魔法のことしか興味がない男と一夜を過ごしたいなんて……けなげにもほどがあるわ……」

わざとらしい物言いに、なおさら感情を逆撫でされる。

「クロエのためと言いながら、モーガン……貴様はいくらもらった？」

普段は滅多に使わない杖《つえ》を魔法で呼びよせる。

公爵家の敷地内で魔法の飛行をしたり、ちょっとした雨は降らせたりといった魔法くらいなら、ルキウスは呪文を一節詠唱するだけですませてしまう。

しかし、魔獣退治のときや大きな攻撃魔法を使うときは、杖を使うほうが攻撃対象へ集中して魔法が使える。

杖を手にしたのは、災厄の魔法使い相手に攻撃を仕掛けるというルキウスなりの意思表示だった。

モーガンがにこにこと微笑みを浮かべて余裕を保っていたのは、ルキウスが杖を手にするまでだ。

「貴様の客はエベルメルゲン王国の貴族？　……いや、エベルメルゲン国王か？」

魔法の雷が空気を振動させて横に走る。

モーガンは魔法の盾で半ば受け流し、半ば吸収しながら、するり、と移動した。

まるで、違う光源が当たって違う場所に影が落ちたかのようだ。

初めから、目に見えているモーガンは偽物だったのでは？　と思わせる、滑らかな移動だった。

怒りのあまり、冷静さを失っていたせいだろう。

ルキウスはまだモーガンの術中に落ちたままだったらしい。窓際のカーテンの影を見やると、暗がりのなかで魔女は微笑んでいた。

すっと宙に手を伸ばしたモーガンは、ルキウスが杖を手にしたのと対抗するように箒《ほうき》を呼びだす。

「んふふふ……ルキウス、あなたが悪いのよ？　クロエを引きとってから品行方正になっちゃって、王宮が送ってくる女たちを追い返すようになったでしょう？」

蠱惑的な笑みを浮かべたモーガンがまた、いやらしいまでにルキウスの心の隙を探り当てる。

「クロエが小さいうちは、王都に来ても、すぐにヴァッサーレンブルグに帰ってしまうし、クロエが社交界デビューすれば、クロエにつきっきりになって……彼女があなたの弱点だと王宮中に見せつけてばかりだったでしょう？　……だから、エベルメルゲン国王でさえクロエの存在を無視できなくなったのね」

「そんなつもりは……」

とっさに否定しながらも、モーガンの言葉に心臓がどきりとした。

育児をする間、ルキウスはなにを置いてもクロエのことを最優先にしていたし、それを隠したことはなかった。

――むしろ、それまでの生活のほうが虚構であったかのように。

意外なほど、自分を追いかけてくれる子どもといることが楽しくて、自分の興味の赴くままに、クロエとの生活にのめりこんでいた。

もともと、魔法使いは自分の好きなことを重視する性質がある。

災厄の魔法使いたちは、魔法大戦で殺し合ったあと、自分たちが獣を魔獣にし、豊かだった平原をクレーターだらけにしたことに対して、かすかな罪悪感を覚えた。

生き残った人間が作った王国に協力的だったのは、その罪悪感のせいだ。

星の雨を降らせ、世界を滅ぼした罪滅ぼしに、ルキウスもエベルメルゲン王国の公爵位を受け入れ、王族の顔を立てるように振舞ってきたつもりだ。

でも、この十年はエベルメルゲン国王との関係より、クロエが大事だった。

「破滅の魔法使いが養女をそんなにかわいがっているなら、その養女を貴族か王族の誰かと結婚させることで、魔法使いルキウスをエベルメルゲン王国につなぎとめる楔《くさび》にできるだろう――そう考えるのに十分な情報を与えてしまったってわけ。おわかりかしら？」

ルキウスひとりなら、降りかかってくる火の粉はいくらでも振り払える。

エベルメルゲン王国の魔法使いなど、ものの数ではないし、国王はルキウスを懐柔したいだけで殺したいわけではないからだ。

でも、クロエはそうはいかない。モーガンの言うように、クロエがルキウスの弱点と見なされているなら、クロエが危険な目に遭う可能性がある。

クロエを殺すだけなら、魔法使いを用意する必要はないからだ。

「モーガン、おまえが引き受けた依頼とはどんな内容だ？　国王はクロエをどうするつもりなのだ？」

うすうす想像はつくが、魔女の口からはっきり聞いておきたかった。

「そんなこと……あなただって同じことをしようとしていたじゃない。クロエをどこかへ嫁がせるつもりだったんでしょう？　ちゃんと私が報酬をもらいつつ、クロエがしあわせになれる結婚先を用意してあるから、私の仕事の邪魔をしないでちょうだい」

モーガンはしっしっ、と犬でも追い払うように、ルキウスを遠ざける仕種をした。

はぐらかすような答えが逆に、ルキウスの推測が正しいと裏付けている。

この魔女は『エベルメルゲン王国の貴族令嬢』にルキウスを誘惑させる仕事を国王から請け負い、伯爵令嬢《クロエ》を送りこんだ事実をもって、金をせしめるつもりなのだろう。

言葉尻の上では間違っていない。それで国王の目的が果たされるかどうかはともかく。

そういうずるい駆け引きをするのが、モーガンという魔女だからだ。

子どもに害悪を為《な》す毒親のごとく扱われて心外だったが、応接間を出ていくモーガンを追いかけはしなかった。

——私が側にいないほうがクロエのためになるかもしれない。

はじめから、子どもを引きとっても自分で面倒を見るつもりはなかったのだ。

どうせ手放すつもりなら、もう関わるなと言うモーガンの警告は正しい。

——正しいと思うのに……。

「ザザ」

使い魔を呼びよせると、ふわりと黒い影が格子窓の明かりを遮る。

「クロエの居場所を追えるか？　追いかけて、なにかクロエに危険があったら守るように」

「わかった……任せとけ！」

気軽な調子で請け負って、ザザは魔法で窓を開けて、外へと、崖の下へと飛び出していった。

残ったルキウスは、窓を閉めて、自分の身なりを鏡で確認してから、応接間を出る。

モーガンに突きつけられた言葉で、少しは理性をとりもどしていた。

（まだ隠していることはあるかもしれないが、モーガンなりにクロエのことはかわいがっている。直接危害を加えることはないだろう……それなら……）

廊下を足早に通りぬけ、やりたくない仕事を片づけに執務室へと向かう。

クロエのことが気になったし、情事のあとで気怠《けだる》かったが仕方ない。

モーガンひとりの問題ではなく、エベルメルゲン王国が関わっているとなると、さきに片づけたほうがいい問題が残っていた。

ルキウスが戻るころあいだと思っていたのだろう。待ちかまえたようにヘルベルトが執務室の入り口に立っていた。

「ルキウスさま、幻惑の魔女が出ていったようですが……どうかなさいましたか？　またあの魔女めが厄介事でも持ってきましたか？」

ヘルベルトはモーガンを嫌っているから、苦い顔をして、さんざんな言いようだ。

あながち否定できないのが辛い。

モーガンがこの魔法使いの城に来るときは、ほぼ必ず厄介事を持ちこんでいたからだ。

「ザザを下見に出しているから、モーガンに関してはひとまず保留だ。それより、エベルメルゲン国王の書簡の件だ。このところ、なぜ魔獣被害が増えているのか正式な回答はあったか？」

魔獣は魔法大戦以降に生まれた生き物だとは言え、生態は動物に準じている。

百年以上、生態観察をした結果、魔獣は春に子どもを産み、子連れの季節が一番性格が荒い。

しかし、今年は一年を通じて、通常よりも多くの魔獣被害があり、ルキウスへの出動要請が続いていた。大型の魔獣討伐は、普通の魔法使いでは難しいからだ。

「王宮側は、実態をまだ把握できていないようですが……我が領で独自に調査したところ、ギーフホルン伯爵が関わっているのではないかと……」

ヘルベルトにしては珍しく表情を曇らせながら告げた。

「ギーフホルン伯爵……クロエの叔父か」

「はい……ルキウスさまの指示どおり、ギーフホルン伯爵家から届いたクロエお嬢さまへの手紙は、クロエお嬢さまに見せず、私のほうで処理しております」

ヘルベルトはそこで言葉を切って人を呼び、書類箱を持ってこさせた。

箱のなかから無数の手紙をとりだし、ルキウスに指し示しながら説明を続ける。

「金の無心をはじめ、伯爵家に無理やり来るようにという脅迫めいた手紙、国王への覚えをめでたくする手助けをしろというものと、ありとあらゆるたかりの言葉が連ねられてきましたが、このところまた頻繁にメルセデス嬢から手紙が来ておりまして……それが、『魔獣討伐に協力しないなら、おまえの両親の墓を壊してやる』というものでした」

「魔獣討伐……」

ルキウスは考えこむときの癖で、手を顎に添えた。

「ギーフホルン伯爵領は国境に面してますから、魔獣は当然出るはずですが……それにしたってクロエお嬢さまを脅迫してまで魔獣討伐に協力しろというのは普通ではありません」

「このところの魔獣騒ぎが増えていることと関係があると？」

ルキウスは家令の言葉を斟酌《しんしゃく》するように、ヘルベルトが差しだした小箱から、手紙の束を手にとった。

クロエが城に連れてこられたときに、十字架を奪おうとした娘のことはかすかに覚えている。悋気《りんき》が強そうな顔をしていた。

クロエがかばわなかったら、ヴァッサーレンブルグの法律に従い、手を切るつもりでいた。

「なぜ、ギーフホルン伯爵家のものは、私がクロエをひきとったあともクロエを自分たちの持ち物のように振る舞うのだ？　不愉快だ」

「おっしゃるとおりです」

ルキウスが以上に、手紙の返事を出しているヘルベルトは怒りをためこんでいたのだろう。

何度拒否しても懲りない相手というのは性質《たち》が悪い。

それでいて、もしクロエが知れば、伯爵家に対してあまり酷い処置をしないでほしいと頼まれることもわかっていた。

だから、ルキウスは冷静なヘルベルトに処理を任せていたのだ。

「破滅の魔法使いに喧嘩《けんか》を売ったことを後悔させてやる」

ルキウスは魔法使いのローブを着せてもらいながら、冷酷な表情を浮かべて宣言したのだった。

† † †

——もう城には戻れない。どんな顔をして義父さまに会ったらいいかわからない。

荷馬車に隠れて街まで下りたクロエは、石畳の路地を抜け、一本奥の通りへ——ひっそりとした佇《たたず》まいの食事処『マロニエの隠れ家』の扉を開いた。

チリンチリン、という扉の音が響くなか「いらっしゃいませ」という明るい声が届く。

木のぬくもりが感じられる落ち着いた店内は、珍しく客の姿が見当たらなかった。

夕刻に向かい、影が少しずつ濃くなっていく間の静かな時間が流れている。

「あれ、クロエ。珍しいね、こんな夕方に街に下りてくるなんて」

マイカはいつもどおりの白いシャツに黒い巻エプロンをした姿をして、クロエを出迎えてくれた。

直前までは忙しかったのだろう。外は寒いというのに、シャツの袖をまくっている。

「いまちょうど、ほかのお客さんが引けたところなんだ。よかったらお茶につきあってよ……ってなんだか、ずいぶんと大荷物だね、貸して」

マイカは扉に下げられた『営業中』の札を裏にして、『準備中』にすると、クロエの大きなトランクを引きとってくれた。窓際の席まで運んでくれる。

彼の、こういう気づかいができるところが好きだ。

客商売だからと言ってしまえばそれまでだが、心がふんわりとあたたかくなる。

——義父さまは……こういうことはしないかな……。

もし義父さまが大荷物を持った自分を見かけたら、クロエごと腕に抱きかかえて運ぶかもしれない。

魔法使いにとって、重さは問題じゃないからだ。

ルキウスは相手の気持ちを察するとか、先回りして気づかいをするという性格ではないが、クロエのことは理解してくれようとがんばってくれていた。

不器用ながらも一生懸命にクロエのことを考えてくれたから、子ども心にもルキウスの気づかいがうれしかったのだ。

(義父さま……すごい、怒ってた……)

モーガンを罵ったときのルキウスの顔を思いだすと、罪悪感で胸が痛い。

一瞬にして熱が冷めた顔を見た瞬間の絶望もまた思いだすたびに辛くて、クロエはうつむいたまま、ぎゅっと手を握りしめた。

城を出てきたばかりなのに、ルキウスのことを思いだしてしまうのが悔しい。

彼の心のなかには、女としてのクロエが入る隙などないとわかったはずなのに、心はまだ未練がましくルキウスのことばかり考えている。

体の関係を持たなければ、ずっとあの城で暮らせたのだろうか。

どうしても結婚なんてしたくないと言えば、娘に甘いルキウスのことだ。最後には許してくれたんじゃないだろうか。

自分が選ばなかった選択肢のほうがよかったのではと思えて、悔恨の気持ちが次から次へと湧きおこってくる。

「なにかあったの？　今日はやけにため息が多いね……破滅の魔法使いと喧嘩でもした？」

気軽に問いかけている様子なのに、マイカは鋭い。

ぎくり、と身を固くして、首筋に巻いたストールを握りしめた。ルキウスにつけられた肌の痕は、化粧でごまかしてあるが、間近で見たら気づかれるかもしれない。

モーガンに魔法をかけてもらっていないから、気をつけていないと他人に見られると思い、必要以上にストールをもてあそんでしまった。

「なんでわかったの、マイカ？　義父さまと喧嘩したなんて……わたし、城を出てきたの。もう帰る家がなくなっちゃった……」

こういう日がいつか来ることはわかっていたのに、実際にやってくると思っていた以上に心細くて、途方に暮れている。

もっときちんと準備をしておけばよかった。

ヘルベルトから仕事の紹介状をもらっておくとか、できることはたくさんあったはずだ。

なのに、結局はなし崩しに城を出る羽目になってしまった。

頭のなかでは冷静に必要なものがないことを嘆いていたが、実際、これからさきどうしたらいいかわからなかった。

マイカはクロエのいまの状況をどう受けとめたのだろう。

ふたり分のティーポット、それにガラスの器のカップとソーサーをテーブルの上に運んできた彼は、クロエの前の席に座った。

焼いたスコーンの香ばしいバターの香りがふんわりと漂う。

「ねぇ、クロエ。それって……この間のプロポーズの返事だって思っていいのかな？　クロエは俺と結婚してくれるって意味であってる？」

テーブルに肘をついたマイカが、クロエの顔をのぞきこんでいた。

「……はい」

クロエは静かに、でもはっきりとうなずいた。

「マイカさえ、よければ……よろしくお願いします」

窓の外はまだ明るかったが、長い影が落ちていた。

晩秋のヴァッサーレンブルグは日が短いから、すぐに暗くなってしまうだろう。蜂蜜を紅茶に入れたマイカは、紅茶の表面に火をともした。

「せっかくだから、ティーロワイヤルにしたみたんだ。綺麗でしょ？」

薄暗い店内に、ぼうっとふたつ、青みがかった炎がともる。紅茶に酒精のきついお酒を入れると、アルコールが飛ぶ間、表面に火がともるのだ。

仄《ほの》かな炎はルキウスが出す魔法の光とよく似て、儚《はかな》くゆらゆらと揺れる。

マイカとふたりきりでいるときでさえ、ふとした瞬間にルキウスのことを思いだしてしまう。

魔法使いの城に来てからの十年間は、クロエの生活のそこかしこにルキウスの影がある。

「クロエは信じないかもしれないけど……俺、本当にクロエのことが好きだよ。クロエと会えて幸運だったたと思ってる」

マイカはカップに浮かぶ、いまにも消え入りそうな光を見つめて、静かに微笑んでいた。

押しつけがましい言い方をされないから、マイカの言葉が心に染み渡ってくる。

火が消えた紅茶をかきまぜて口にすると、ほんのりと苦い。

なのに、芳醇《ほうじゅん》な香りが心地いい。

（わたしは楽なほうに流されようとしているだけかもしれない……）

これでいいのだろうかという迷いはあったけれど、マイカの求婚を受け入れる以外の道がクロエには思い当たらなかった。

行き場所がないから顔見知りと結婚する——それは、マイカの言うように、このあたりではよくあるごくありふれた結婚の形にすぎなかった。

「ありがとう……マイカ。あのね……わたし、一カ所だけ行きたいところがあるんだけど……いいかな？」

ささやかなクロエのお願いに、マイカはいつものやさしい笑顔でうなずいてくれたのだった。

† † †

魔法使いの城を出た翌日、クロエはマイカと一緒にギーフホルン伯爵領にやってきた。

領境の教会に弔われている両親の墓を訪ねるためだ。

「ずいぶんと淋しい墓地だね」

マイカはリースを墓石に立てかけながら、クロエに言う。

松ぼっくりやナナカマドを飾ってできたリースは、わずかながら無彩色の墓地に色を添え、なにもない両親の墓を飾ってくれた。毎年、花のない季節にお墓参りに来るから、秋口から色の残る実や常緑樹の葉を集めてリースを作るのが習慣になっていたのだ。

共同墓地の片隅に作られた四角い墓石は、ギーフホルン伯爵家代々の墓と比べると、ずいぶんとささやかなものだ。

クロエくらいしか訪ねる人がいないから、墓石の周りには枯れた雑草が残っている。

敷石の間から生えている草を引き抜いたクロエは、「そうね」と小さく答えた。

結婚相手を両親に見せる日を、どんなに楽しみにしていただろう。

まだ小さかったとは言え、両親の記憶はある。

もし生きているふたりに、マイカと結婚しますと報告したのだったら、きっと諸手《もろて》を挙げてよろこんでくれたはずだ。

ありえない想像なのに、マイカを出迎えてうれしそうに微笑む母と父の姿は、ありありと目蓋の裏に浮かびあがった。

一方で、普段から表情に乏しいルキウスは、結婚の報告をしたらどんな顔をするのか、想像がつかなかった。

——義父さまは……よろこんでくれたのかな。

早く結婚しろとせっつかれていたが、本当にルキウスに結婚相手を紹介するとは思っていなかった。

だから、事後報告くらいでちょうどいいのだろう。

じっと墓石を見つめるクロエに、マイカが静かに口を開いた。

「ギーフホルン伯爵家はずいぶんと君に辛く当たったと聞く。家を乗っとった人たちに復讐《ふくしゅう》したいとは思わないの、クロエは」

実家の話をマイカにしたことはないはずだ。それでも、魔法使いの娘の境遇はルクスヘーレンの城下に住むものなら、誰もが知っている。

マイカもその噂を耳にしたことがあったのだろうが、こんなふうに面と向かって訊《たず》ねられるのは初めてだった。

曇天からはいまにも雪がちらついてきそうだ。

長くとどまってお参りしていたら、凍えてしまうだろう。

墓石に十分祈りを捧げたクロエは、一歩後ずさり、マイカに向き直った。

「復讐なんて……したくてもできないし。ほかの人の力を借りても仕方ないでしょう？」

ルキウスの力を借りて復讐したとしても、自分になにもできないことを再確認させられるだけだ。

無力で、吹けば飛びそうな存在でしかないクロエ。

いままた、ルキウスのもとを離れたら、ほかに行き場所がない憐《あわ》れな娘。

ヴァッサーレンブルグ公爵家で公爵令嬢として立派に育てられたいまとなっても、もし、ギーフホルン伯爵家と相対して、嫌悪と嘲りの感情を向けられれば、たちまち子どものころの自分に戻ってしまうだろう。

幼少期に受けた悪意は、クロエの影のようなものだ。前に進もうとしては足を掴み、影から逃れようとしても、しがみついて離れない。

（特にメルセデスのいじめは……）

高慢な従姉妹の顔を思い浮かべて、クロエはぶるりと身を震わせた。

悪い想像というのは危険だ。現実に嫌なものを引きよせてしまう。

――早くギーフホルン伯爵領から離れたほうがいい。

そんな予感にさいなまれたクロエは、努めて明るい声でマイカに話しかけた。

「マイカ、行きましょう。教会によっていい？　神父さまと会って寄付をしないと……次にいつ来られるかわからないし」

マイカの手をとって墓地の外れから、教会の礼拝堂へ戻ろうとしたときだ。

ほかの墓地から飛び出してきた影に行く手を遮られ、クロエは小さく悲鳴をあげた。身の盾になるように、マイカが前に立ち塞がってくれる。

以前、クロエが襲われそうになったときのことを覚えていたからだろう。

どこかの国の誘拐犯かと思ったようだ。マイカの背中が緊張する。

なのに、甲高い罵り声とともに現れたのは、従姉妹のメルセデスだった。

「ちょっと、クロエ。あんた、なにさまのつもりなの。何度も何度もギーフホルン伯爵家の要請を断るなんて……いい気になるのもいい加減にして！」

クロエと年が変わらない令嬢の姿に、マイカが緊張を解くのがわかる。

誘拐犯より楽な相手だと思ったマイカとは違い、メルセデスの顔を見たクロエは、ぎくり、と身をこわばらせた。

メルセデスと最後に会ったのはどこの舞踏会だったか。あまり思いだしたくない記憶なせいか、はっきりと覚えていなかった。

あいかわらず、世界すべてが自分に跪《ひざまず》いて当然という勝ち気な表情をして、背後にはふたりほど、黒ずくめの護衛を連れている。

白いファーのついたコートの裾からはドレープたっぷりのドレスが見えていた。

見栄《みえ》っ張《ぱ》りはあいかわらずらしい。

普段は顔も忘れているくらいなのに、子どものころの上下関係と言うのは、自分で思っているより深く心の奥底にはびこっているのだろう。

目と目が合った瞬間、勝ち目が決まっていた。

ヴァッサーレンブルグ公爵令嬢だったはずのクロエは、メルセデスにいじめられていた屋根裏住まいのクロエに戻って、メルセデスの命令に怯えていた。

それでも、わずかに抗う気持ちから、当然の疑問を口にする。

「なにを……言ってるの……メルセデス」

（いったいギーフホルン伯爵家の要請とはなんだろう？　なぜここにメルセデスがいるの？）

大きなすれ違いがある気がしたが、癇癪を起こしたときのメルセデスに指摘しても、理解してくれると思えなかった。

マイカもいるし、安全を考えたら、ひとまずここから逃げたほうがいい。

理性はそう訴えてくるのに、激昂《げっこう》したメルセデスの元に両親の墓を残していくのは怖い。

クロエの父は彼女にとっての伯父に当たるはずだが、メルセデスがお墓参りに来たという記憶はなかった。

倫理観も法律も関係なく、なにをするかわからないのがメルセデスという従姉妹だ。

クロエは彼女のそういうところがとても苦手だった。

「また魔獣が暴れているのよ！　早く破滅の魔法使いを呼びなさい。これは命令よ！　ギーフホルン伯爵領の城壁が壊れちゃうじゃない⁉　ヴァッサーレンブルグの白い悪魔を呼ぶか、おまえが魔獣の生け贄になって足止めするか……破滅の魔法使いはおまえをかわいがってるんですって？　魔獣の前に連れていって、その話が本当かどうか試してみましょうか？」

彼女の話は支離滅裂だった。まともに理解しようとしても、クロエの頭が拒絶する。

そもそもなぜ、彼女はいつまでもクロエに命令するのだろう。

メルセデスに命令される謂われなんてない。身分だって公爵令嬢のクロエのほうが上だ。

自分でもわかっているはずなのに、メルセデスを前にすると足が震えてしまう。

メルセデスの感情的な言動に気をとられていたせいだろう。

はっと気づいたときには、クロエとマイカは剣や槍を持ち、鎧《よろい》を着こんだ衛兵に囲まれていた。

従姉妹の護衛はふたりだけじゃなかったのだ。

墓地とはいえまだ明るい昼日中に、まるで罪人を捕らえるがごとく、衛兵の槍に行き先を塞がれるなんて。

（なんで？　どうして？　マイカを巻きこんでしまってどうしよう……）

クロエは半ばパニックになっていた。

メルセデスのそばにいるだけでびくびく怯えているのに、自分のせいでマイカまで危険にさらしているという自責の念が湧きおこる。

過呼吸で息が苦しくなり、体がぐらりとよろめいたところで、マイカの手に支えられた。

「大丈夫か、クロエ……あの令嬢はギーフホルン伯爵令嬢で間違いないね？　ここはいったん彼女に従おう」

マイカはいつものままだった。クロエの動揺の影響など受けていないかのように、落ち着いた顔をしている。

「でも、マイカ……」

「大丈夫。どうせクロエになにかあったら、公爵殿下が飛んでくるんだから」

こんなときでさえ、マイカの声が明るく迷いがないのは、ルキウスが星の雨を降らせるところを見ているからなのだろう。

街の人はみんな怖がって怯えていたのに、マイカだけは違っていた。ルキウスと星の雨をじっと見くらべて、クロエが助けられるまで目を逸らさなかった。

その、ルキウスに対する謎の信頼を示されて、ばらばらに乱れていたクロエの心も少しずつ落ち着いてくる。

（義父さま……義父さまは城を出たわたしを……助けに来てくれますか？）

祈るような気持ちで、心のなかで呼びかける。

助けに来てほしかった。でも、自分のことを娘としてしか見られないなら、このまま見捨ててほしいという、半ば自暴自棄めいた感情もあった。

衛兵たちの言いなりになるまま、馬車に乗せられる。

しばらく揺られて着いたさきは、クロエもよく知っている場所だった。

エベルメルゲン王国の果て――ヴァッサーレンブルグ公爵領とギーフホルン伯爵領は、黒い森と呼ばれる魔獣の森に接している。

そこは国境であるとともに、人間世界の終わりでもある。

高い城壁に守られた外は魔獣の縄張りで、足を踏みいれれば命の保証はないからだ。

子どものころ、両親と一緒に来たことがある。

そのときは右手を父親が、左手を母親が繋いで城壁の外を眺めていたから、魔獣が棲《す》む森でさえ怖くなかった。黒い森はただの美しい風景だった。

なのにいま、陽光の下でさえ生々しい破壊の跡を残した城壁は、ただの風景ではない。

あきらかに以前とは違う緊張感が漂い、人間世界と魔獣との国境が侵されているのが、ありありと伝わってきた。破壊された城壁は、石積みで補修してあったものの、大きな魔獣が襲ってきたらひとたまりもないだろう。

城壁が崩れれば、内側に住む住民に危害がおよぶかもしれない。

――だから、この城壁はとても大切な城壁なんだよ。

同じ場所で実の父親から聞かされた話が、ふぅっと耳によみがえる。

「大切な城壁が……どういうこと⁉　なんでこんなに城壁が破壊されているの⁉」

クロエは茫然と叫んだ。

魔獣のせいで体を悪くした父親は、それでも国境の領主としての役目を果たすために、幼いクロエを連れて国境の見回りをしていたはずだ。

その父親の苦労を叔父は台無しにしたのかと思うと、ぐらぐらと眩暈がした。

よろけるクロエに気づいていないのだろう。メルセデスはなおも興奮した調子で罵ってくる。

「あんたの養父のせいよ！　魔獣討伐のときに魔法で破壊したの。あのヴァッサーレンブルグの白い悪魔のせいで……ギーフホルン伯爵領は魔獣に襲われているんだから！」

「義父さまが……？」

ルキウスのせいだと言われて、今度は違う意味でショックを受けた。

――そんなことをするはずがない。

とは言い切れなかった。ルキウスは魔獣を倒すだけの能力を持っているが、魔法にのめりこむと我を忘れることがあるからだ。

強い魔獣を相手にしたときに、頭に血が上って城壁を破壊したこともあったはずだ。

「でも……義父さまは……義父さまは……」

たとえ、本当にルキウスが城壁を破壊したとしても、わざとやるわけがない。

クロエにはわかっている。魔法大戦なんて、もう遠い昔のできごとなのに、ルキウスはいまも責任を感じて魔獣討伐を続けているくらいなのだから。

「メルセデスは……傲慢だわ。自分で魔獣を倒せないくせに、なんでそんなに偉そうに義父さまを呼びつけようと言うの⁉　だから、義父さまはギーフホルン伯爵領なんて助けに来ないんだわ！」

震えながらも叫んだクロエは、十字架をとられそうになったとき以来、メルセデスの目を久しぶりに正面から見た気がした。

王宮の舞踏会に行ったときは、メルセデスのそばによらないように気をつけていた。クロエは公爵令嬢で、メルセデスは伯爵令嬢なのだから、公式の場でクロエが引け目を感じることはないとわかっていたけれど、それでも、メルセデスと対面するのは怖かった。

でも、ルキウスの悪口を言われて、そのまま黙って受け流すなんてできない。

「義父さまはきちんと魔獣討伐してくださってます。もし、それを感謝しないと言うなら、今後、ギーフホルン伯爵家はその庇護を受けることはないでしょう」

クロエが一息に言ってのけると、反論されると思っていなかったのだろう。

メルセデスは目を丸くしている。

「なんですって……あんたなんて本当は惨めに売りとばされるはずだったのに……ちゃっかり公爵令嬢におさまって……どうしてよ。あんたなんか……ッ！」

顔を真っ赤に染めたメルセデスが、クロエを叩こうと手を振りかぶったときだ。

城壁の上で言い争いをしていたせいで、魔獣の気を引いてしまったらしい。

大きな衝撃で城壁が跳ねるように揺れた。ずいぶんと大きく揺れたと思い、眼下の黒い森を見渡せば、魔獣の巨体が城壁に体当たりしていた。

しかも、魔獣は一匹じゃない。

「嘘……二匹、三匹、四匹……」

クロエが数えている間にも、魔獣の体当たりは続いて、まるで立て続けに地震が起きているようだった。城壁の上でまともに立っていることさえおぼつかない。

星形に張りだした城壁を囲むように襲ってきた巨体は目に見える範囲だけでも十匹はいる。興奮した様子で体当たりをして、城壁の魔法防御をものともせず、大きく揺るがしていた。

その何回目かの攻撃で見張り用の尖塔が崩れたのを見て、クロエの体がぎくりとこわばる。

ヴァッサーレンブルグ公爵家の城の尖塔のことが頭を過ぎった。

――『あの城は、私の……魔法使いルキウスの魔力が尽きないかぎり崩れることはない。おまえの上に落ちてくることもない』

だから、魔法使いの城は怖くなかったのに、尖塔が崩れるさまを目の当たりにして、頭が真っ白になった。

もっと安全な場所に逃げなきゃと思うのに足ががくがくと震えて、その場から動けない。

その一瞬の空白に、どん、と体を強く押されて、クロエの体が大きく傾いた。

「あんたなんて、魔獣に食べられてしまえばいいのよ！」

メルセデスの手に押されたのだと理解する余裕すらないまま、あ、と思ったときにはクロエの体は崩れた城壁の欠片とともに宙に投げだされていた。

「クロエ！」

あわてて手を伸ばすマイカの姿が、やけにゆっくりと見える。

——わたしは、死ぬのかもしれない。

城壁の頭上に広がる空は、いまにも雪が降りだしそうな曇天で、崩れた塔がその真っ白な空を突き刺して。

世界の終わりはこんなふうなのかと思った。

両親が亡くなり、ひとりぼっちになったときでさえ、屋根裏で耐えていれば生きていけると漠然と信じていた。

死は子どものクロエにとって遠いさきのできごとで、どんなに苦しいときでも明日の自分は生きている気がしていた。

なのにいま、死ぬかもしれないと思った瞬間、ルキウスの顔が脳裏を過ぎる。

魔法使いの城を出るときに、今生の別れを告げてきたはずなのに、死ぬかもしれないと思った瞬間、本当に二度とルキウスと会わないと思っていたわけではない自分に気づいてしまった。

ルキウスに会いたかった。

（もう一度、義父さまに会わないまま死ぬのは嫌……）

クロエはとっさに叫んでいた。

「と、義父さま……〜〜〜ッ！」

空中に体が投げだされて、魔獣がいる黒い森へと落ちていったのは、そんなに長い時間じゃなかったはずだ。

堅固な国境の城壁はかなりの高さがあったが、それでも魔法使いの城の尖塔と比べると、地面までの距離が近い。

落下するときのびゅうびゅうと流れさる風のいきおいのなか、息苦しかったのだろう。クロエの意識は、ふぅっととぎれた。

気を失っていた時間は長く感じたのに、実際は一瞬だったのだろう。気がつくと、ふわふわとやわらかいものの上にいた。

「クロエ、クロエ……起きろ。起きてもう一度ルキウスを呼べ！」

甲高い声で何回も名前を呼ばれて、はっと意識をとりもどす。

風が鳴る音を聞きながら体を起こすと、ぐらりと平衡を失って体がよろめいた。

クロエの体は大きな黒い翼の間にあって、城壁の前を滑空していた。

ザザだ。黒猫はいつか幼いクロエを背に乗せてくれたときと同じように、馬よりも大きくなった姿で、ヴァッサーレンブルグから飛んできたらしい。

やわらかな毛皮に顔を埋めると、ふわりと薬めいたハーブの匂いがする。

ほこり臭くて苦そうで、でも、さわやかさも入り交じった独特のそれは、ルキウスと同じ匂いだ。

その親しみ慣れた匂いのおかげで、クロエは少しだけ落ち着きをとりもどせた。

「ザザ！　助けに来てくれたの……わたし義父さまを呼んでいいの？　助けて、義父さま……どうかここに来て……破滅の魔法使い――ルキウス・メルディン・フォン・ヴァッサーレンブルグ！」

魔法で別人になっていたときはともかく、こんなふうにルキウスの名前を口にするのは初めてで、まるで特別な呪文を口にした気分だ。

クロエが首にかけていた十字架が浮かびあがり、光ったかと思うと、空中に魔方陣が現れた。

唐突にそこに巨大な印璽を押したみたいに、複雑な文様が浮かびあがる。

ルキウスが魔法を使ったところは何度か見ていたけれど、こんな魔方陣は見たことがない。

文字らしき文様が次々と点滅して、光がぐるりと一周し終わったのと、そこに人影が浮かびあがったのとは、どちらがさきだったのだろう。

背の高い姿が、空中にいることを感じさせない凛《りん》とした姿勢でローブの裾をなびかせていた。

「クロエ……」

ふわりと、クロエの側に下りてきて抱きあげられる。

ルキウスの腕に抱かれたクロエの体は、そのままルキウスとともに宙に浮かび、翼猫の背中から離れていた。

見上げれば、白金色の髪に縁取られた白皙の美貌がそばにある。

怒っていようと、魔法に我を忘れかけていようと、ルキウスはルキウスだ。

呼んだら本当に助けに来てくれたのだ。その事実だけで胸がいっぱいになる。

「義父さ……ルキウス」

顔を見たら、いつものように呼びそうになって、途中でやめた。

もう関係はないと自分で城を出ておきながら、困ったときだけ助けてほしいなんて自分勝手がすぎるだろう。

なのに、こんなときでも会えてうれしい自分がいた。

ぎゅっと抱きつくと、やはりザザと同じように薬品めいた匂いが鼻について、その匂いにもほっとさせられる。涙が次から次へと零れて止まらなかった。

クロエとしては自分が無事な姿をルキウスに見せたつもりだ。

いくら突然、城を出て別れたとは言え、こうして呼んだら来てくれたのは、ルキウスのなかにもクロエを心配してくれる気持ちが残っているからだろうし、自分がほっとしたと同時にルキウスも安心したはずだ。

そう思ったというのに、どうも様子がおかしい。

「クロエ……その怪我《けが》は……どうしたんだ？」

「え？」

抱きついているルキウスの空気がざわりと一変して、クロエは自分の頭に手を当てた。

ぬるりとした奇妙な感触に嫌な予感が過ぎる。

髪に触れた手を見れば、べったりと赤い血がついていた。

メルセデスと言い争ったり、魔獣に驚いて城壁から落ちたり、興奮していたせいで痛みに気づかなかったらしい。

ルキウスが豹変《ひょうへん》するのも無理はない。

クロエの額からは、まるで汗のように血が流れていたのだ。

「わたし……メルセデスと口論になって城壁から落ちて……いつ、怪我したんだろう？　尖塔の瓦礫《がれき》でも落ちてきたのかも……って、義父さま？」

クロエとしては、誰かに怪我をさせられたわけではない。

魔獣に怪我をさせられたとも言えるが、不可抗力だろう。

なのに、ルキウスの周囲には高密度の魔力が発生したとき特有の雷が走り、整った顔はいつも以上に無表情になっていた。

すっと伸ばした手のさきに杖が出現して、クロエはようやく、これは危険な兆候なのだと気づく。

「聞け、天空を支配する理よ。来たれ、天かける遊星よ。星の軌道は揺らぐ、天の理は揺らぐ……我が命に従い、星の雨となれ……世界を灰燼《かいじん》と化せ！」

普段のルキウスは、魔法を使うのに、魔法の杖や長い呪文を必要としない。

そんな手間をかけなくても、たいていの魔法が使えるからだ。

わざわざ、長い呪文を唱えて魔法を使うのは、それだけルキウスの意識が魔法にのめりこんでいるからで、ようは魔法に酔っている状態だと言えた。

ひゅーん、どーん、と魔獣が城壁にぶつかってきたときよりも大きな地響きがして、大きな粉塵《ふんじん》があがる。それを皮切りに、ルキウスの魔法によって、次から次へと星の雨が降ってきた。

「義父さま……」

曇天を切り裂いて、開かれた魔法の門の向こうには藍色の天空が広がっている。

そこから弧を描くようにして次から次へと流れてくる光の軌跡と、その異様な光景を背にして浮かぶルキウスの顔はいつになく美しかった。

――子どものころ見た魔法使いの顔だ……。

冷酷で怖ろしくて、なにを考えているか、わからなくて。

なのに、恐怖を忘れるくらい美しい。

表情を失い、半ば半催眠状態《トランス》になったルキウスの顔は、神々しくさえあった。

星の雨が大気を震わせて光るたびに、白皙の美貌にも光が走る。

「ねぇ、義父さま……星の雨が綺麗ですね……とてもとても綺麗……」

かつて世界が破滅させたという星の雨も、こんなふうに綺麗だったのだろうか。

どきどきするのは、ルキウスに触れて、その顔を見つめているからだろうか。

感情が昂ぶると、もっとルキウスに触れたくて、その表情のささいな変化を見逃したくなくて、ルキウスのそばにずっといたいと思っている自分に気づく。

「クロエ……」

ルキウスを見つめていると、その顔が唐突に近づいて、唇が触れた。

「……ンぅ……」

触れたいと思っていたのはクロエのほうだったはずなのに、気がつけば、ルキウスからキスされていた。

覆いかぶさるようにして唇を塞がれている間にも、天空にはいくつもの星の雨が降ってくる。

弧を描くようにして炎が空を明るく照らし、地上に落ちて消える。

目の端に異様でいて美しい光景を映しながらも、クロエの瞳は、息づかいが感じられるほど近いルキウスの顔に縫いつけられていた。

別れたのは、まだほんの昨日だったはずなのに、もう何日も離れていたような気がする。

ルキウスの顔を、氷のような瞳の色をずっと見ていたい。

「義父さま……ンンッ」

どうしてと問いかけるまもなく、一度離れた唇がまたクロエの唇を塞いで、さらにはその隙間から舌を割りこませてくる。

「ンあっ……ふっ、んん……ッ」

舌に舌が絡むと、じわり、とルキウスに触れているという実感が湧いてくる。

直前に死ぬと思った恐怖からの振れ幅が激しすぎて、ほっとするあまり、また涙が出た。

ルキウスに抱きついて、自分でもたどたどしくルキウスの舌を求めてしまう。

ルキウスの手が腰を撫でると、びくり、と体の奥が疼く。

舌先を絡めるキスをしながら体を密着させると、自然と体は抱かれたときのことを思いだすのだろう。ぞわり、と背筋に甘い震えが走った。

我に返ったのは、ルキウスの唇が一度は離れ、耳裏に触れてからだ。

「ん……くすぐった……義父さま……待って義父さま……ッ！」

耳朶《じだ》をもてあそぶ感覚に溺れていたい。

なのに、視界に映る星の雨が現実を忘れさせてくれない。

「んんっ、義父さま……ダメ……城壁が完全に崩れたら……魔獣がギーフホルン領内に入ってしまいます……ふぁっ、あっ……義父さま……ッ！」

くすぐったい愛撫は心地よくて、空中にいるにもかかわらず、ぞわりと震えあがるような快楽が湧きおこる。

自分でもわかっていた。

魔法にのめりこんでいるときのルキウスは半催眠状態《トランス》になっていて、クロエを襲っている自覚はないはずだ。

だから、ルキウスの目が覚めたら、またいつものように娘に対してだけは恋愛モードに塩対応なルキウスに戻ってしまうのだと。

——本当は、義父さまともっとこうしていたい。

でも、群れで襲ってきた魔獣が城壁の内側に入ったら、どれほどの被害が出るだろうと考えると、このまま自分に都合よく流されてしまうことができなかった。

ルキウスの養女である前に、ギーフホルン伯爵令嬢だった自分が許せない。

本当の父親が守ってきたギーフホルン伯爵領を一時の感情に流されて失いたくなかった。

星の雨が無数に降り注いだせいで黒い森は焼け、至るところから煙が上がっている。

ルキウスの側にいるせいで一種の魔法防壁ができているのだろう。

クロエ自身は感じていないが、焼け焦げた匂いが当たりに充満しているのはわかっていた。

堅固だった城壁は、かろうじて土台こそ残っていたものの、あちこちで完全に破壊され、崩れ落ちてしまっている。

破壊槌を備えた巨大な攻城武器を持ってきたとしても、ここまで破壊されることはないだろう。

戦争よりももっと酷い。

かつて世界を破滅させた魔法使いの力はいまなお健在だった。

破壊の傷跡は生々しく、子どものころ、とって食われると怯えた『ヴァッサーレンブルグの悪魔』という異名は決して誇張ではないのだと思う。

なのに、クロエの瞳は、藍色の天空から流れおちる星とその光に照らされたルキウスの顔に引きつけられてしまう。

ふふっ、とクロエは思わず笑ってしまった。

「義父さま……ねぇ、こんなときに言うのは不謹慎かも知れませんが……星の雨ってこんなに美しかったのですね。こんなにたくさんの流星を一度に見たのは、クロエは初めてです」

子どものころに見た星の雨はここまで大規模な魔法ではなかった。あるいは、ルキウスとキスしながら見ているせいで、よけいに、異様な天体ショーが美しく見えているのかもしれなかった。

いつもの調子でクロエが話しかけたせいだろうか。

耳裏の唇の動きが止まったかと思うと、ルキウスが茫然とした顔でクロエを見ている。

「…………クロエ？」

「はい、義父さま。なんでしょう？」

視線が合えば、氷の瞳は焦点をとりもどしていた。

だから、クロエはもう大丈夫だといわんばかりに、精一杯の微笑みを浮かべてみせる。

「おまえは俺が怖くないのか？」

クロエの髪を撫でながら目を瞠られていた。

ルキウスの手は初めて会ったときと同じく大きくて骨張っていたが、いまはもうその手があたたかいことをクロエは知っている。

「義父さまは怖くない……わたしは……もっと普通の……ほかのひとが怖い」

両親がいなくなったとたん、なんの力もなく価値もない自分を自分たちの持ち物のように扱って、売りとばそうとした人たち。

クロエを奴隷のように扱ったメルセデスや叔父。ギーフホルン伯爵家の使用人たち。

正義も理屈もなく、気まぐれに踏みにじられることがどんなに怖ろしいか。

なんの正当な理由もなくメルセデスに殺されそうになって、クロエの頭はまだ混乱している。

でも、ルキウスは違う。生け贄のように差しだされたクロエのために、メルセデスにとられそうになった十字架をとりかえしてくれたし、城に置いてくれた。

クロエを物のように扱わず、意思を尊重してくれた。

「義父さまは怖くないから……義父さまになら殺されてもいいよ……」

ルキウスの体をぎゅっと抱きしめると、ローブからは薬品めいた匂いがする。

魔法研究に夢中になって、昼と夜を間違えてしまうルキウスが好き。

クロエに黙って魔獣討伐に出かけてしまうのは嫌だけど、気づいてあげられなかった自分はもっと嫌だ。

クロエの知らないルキウスの顔があるなら、もっともっと知りたい。本当は離れたくない。

「だってルキウスは……本当の父さまとは……違う……」

――ずっとローブにしがみついていたら、ルキウスから離れられなくなったらいいのに。

そうでなければ、いっそこのまま世界が終わってしまえばいいのにとすら考えてしまう。

ルキウスのローブを掴む手に力をこめたときだ。

「きゃあああっ！　なにをやっているの、破滅の魔法使い!?　魔獣がこっちに来る……早くあいつを討伐なさいよ！」

つんざくようなメルセデスの悲鳴が響いた。

はっと声がしたほうを見れば、星の雨を逃れた魔獣が一匹、崩れた瓦礫の上を乗り越えようとしている。

ルキウスもそれを見たはずなのに、はーっとため息を吐いて、やる気がなさそうに頭を掻《か》いている。

もともと明るい性格ではないが、こんなふうに嫌悪を面に表すのは珍しい。

「クロエ、しっかり私に捕まっていなさい」

ルキウスはクロエの膝裏に手をかけて、器用に片腕で抱きあげた。

空中の不安定な場所で視線が高くなり、あわててルキウスの首に抱きつく。

「助けてほしいなら、二度とクロエに関わるな。おまえの父親もだ……そうでなければエベルメルゲンの国王に言って、ギーフホルン伯爵領をとりつぶしにしてやる」

魔獣の一撃をどうにか逃れたメルセデスのそばまで飛んでいき、ルキウスは魔獣が次の動作に入るのを見ていた。

メルセデスはがくがくと震えながら何事か悲鳴をあげている。

クロエに対してさんざんなことをしてきた従姉妹の命は、魔獣が近づくにつれ、すり減っていくようだった。

「た、助けて……この悪魔！　助けなさいよ！」

そばに飛んできたルキウスが、ただ見ているだけだと気づいたのだろう。

ここにいたってもまだ、メルセデスは上から目線でルキウスに叫んだ。

「自業自得だ……そもそも、魔獣がこの城壁を頻繁に襲っていることも、ギーフホルン伯爵家の身勝手のせいだからな」

右手にクロエを抱きかかえたままのルキウスは、酷薄なまでに無表情で言い放つ。

その顔を見慣れているクロエでさえ、突き放されているようで、少し怖かった。

「義父さ……ルキウス、どういうことですか？」

舌に馴染んだ『義父さま』という言葉を口にしそうになって、あわてて言いかえる。

メルセデスを見下ろす顔には冷たい色気が交じっていて、ぞくりと身震いがした。

「ギーフホルン伯爵家が勝手に領地を広げ、魔獣の縄張りを荒らしたのだ」

「縄張りを荒らすって……叔父さまが……？」

「ギーフホルン伯爵の命を受けた使用人が、仲間意識の強い魔獣の縄張りを荒らし、畑を広げた。それで、魔獣はしつこく人間を襲うようになり、頻繁に討伐依頼が来るようになったわけだ」

ルキウスの声音は冷たく、感情の一切をどこかに置いてきたようだった。

その魔法使いの顔が怖いのに、こうやって自分に説明してくれるのはうれしい。

――だから、このところ頻繁に魔獣討伐に出かけていたのね……。

黒い森に棲む魔獣は危険で、高い城壁で守らなければ、街はすぐに破壊されてしまう。しかし、レベルの低い魔法使いを百人集めたところで、ルキウスひとりには適《かな》わない。

魔獣討伐はもちろんのこと、国境を守るのはルキウスで、城壁に魔獣よけの魔法をかけるのもルキウスがほとんどひとりでやっている。

エベルメルゲン王国に災厄級の魔法使いはルキウスしかいないからだ。

「なぜ……なぜ、叔父さまもメルセデスもそんな勝手なことばかり……」

クロエの両親の墓を人質にとってまで、自分に言うことを聞かせようとする従姉妹の気持ちがわからない。

わからないし、関わりたくないのに――。

「……メルセデスを助けてあげて」

ルキウスのローブの端を掴んで、クロエはうつむいたままお願いしていた。

本当はこんなことをルキウスに頼みたくない。

でも、ここでメルセデスを見殺しにしたら、悪く言われるのはきっとルキウスだ。

──『女子どもが魔獣に襲われるところを見殺しにしたんだそうだ……』

──『さすがはヴァッサーレンブルグの白い悪魔。冷酷非情にもほどがある』

街中で聞こえてくる噂が耳によみがえる。

どれもクロエの知るルキウスとはかけ離れたものだったが、彼らは怖ろしい魔法使いに対して、どんな悪口を言っても構わないと思っているようだった。

その噂にまたひとつ悪評がつけくわえられるとしても、本人は気にしないだろう。

でも、クロエはルキウスが悪し様《あざま》に言われるのが嫌だ。

「メルセデスを助けて……ルキウス……」

ルキウスはクロエの頼みを聞いてくれたのだろう。右手にクロエを抱きかかえながら、左手の杖を軽く振り、雷鳴をとどろかせた。

魔獣の巨体が一瞬にして燃えあがり、断末魔の悲鳴があがる。

「ザザ、その女をギーフホルン伯爵家に捨ててこい。次にクロエに手を出したら、伯爵家はとりつぶし。領地はヴァッサーレンブルグで没収してやる、とな」

「わかった！」

主の命令に答えて巨大な翼猫がふわりと地上に降りる。

ザザはがくがくと震えるメルセデスの首根っこを仔猫《こねこ》のように咥えると、瓦礫の内側へと飛びさっていった。

従姉妹の情けない姿が城壁の向こうに見えなくなったところで、ルキウスはようやくクロエを地上に降ろしてくれた。

ルキウスの側を離れたとたん、焼け焦げた異臭が鼻につく。

熱いのと煙たいのとで、たまらずに咳《せき》が出た。

「クロエ！」

瓦礫のなかから呼ぶ声がして、はっと我に返る。

自分がどうしてギーフホルン伯爵領に来たのか、誰と一緒にいたのか、一瞬にして思いだした。

「……マイカ」

瓦礫を乗り越えてくる青年を見つけて、クロエはひゅっと息を呑《の》んだ。

倒壊した城壁はあちこち星の雨に焼かれて、焼け焦げている。

もしルキウスの星の雨のせいで、マイカが怪我をしていたらどうしようと、血の気が引いた。

瓦礫の上を足下を確かめながら近づく。

「大丈夫、マイカ？　星の雨に当たらなかった？」

直撃を受けていたら、そもそも生きてはいないのだが、思わずそう訊ねずにはいられなかった。

無事な姿を見ても信じられないくらい、たくさんの魔法の隕石が降っていたのだ。

クロエの心配をよそにマイカがにかりと歯を見せて笑う。

「大丈夫大丈夫。俺は運だけは強いし……クロエになにかあったら、君のお父さんが飛んでくるのはわかっていたしね」

ちらりとルキウスに視線を向けるマイカは、どこかしら思わせぶりな口調で言う。

服には煤《すす》と埃《ほこり》がついていたが、見た感じ、本当に怪我はなさそうだ。

クロエはほっと胸をなでおろした。

ルキウスが一歩近づいてくると、瓦礫がわずかに崩れて音を立てる。

「おまえは……」

どうしてなのだろう。ルキウスはマイカを見て、不快そうに眉根をしかめた。

マイカとルキウスの間に奇妙な緊張感が流れる。

「ヴァッサーレンブルグ公爵殿下にお願いの儀がありまして……事後承諾にはなるのですが、クロエに――お嬢さんに結婚を申しこみました。彼女からは承諾の返事をもらっているのですが、公爵殿下にも私とクロエの結婚を祝福していただきたいのです」

ルキウスの前でマイカとの結婚の話を持ちだされると、心臓がつきりと針で刺したように痛んだ。

ただでさえ不機嫌そうなルキウスの顔がさらに険しくなる。慣れているクロエでさえ、その不機嫌さが怖いと言うのに、マイカはにこやかな調子で、

「ね、クロエ?」

とクロエの腰を抱きよせた。

ついさっきまで、ルキウスとふたりだけでいるうちに世界が終わってしまえばいいとさえ思っていたのに、現実はうまくいかない。

でも、養父から追いだされるくらいならと、マイカのプロポーズを承諾したのはクロエ自身だ。

だって好きか嫌いかの二択で言ったら、クロエはマイカのことが好きだ。

たとえそれが、ヘルベルトやモーガンに対する気持ちに近いにしても、好きという感情は嘘ではないし、マイカと結婚したらしあわせになれそうだと思ったのは事実だ。

ただそれ以上に、クロエにとってルキウスはどうしようもなく特別で、クロエにとっての世界のすべてだと言うだけだ。

――初めて会ったときから義父さまは……ルキウスはわたしの運命だった。

だから、ルキウスの前でマイカのそばに抱きよせられることの、言葉にしがたい居心地の悪さはクロエの気持ちの問題なのだろう。

(だってわたしは……もうルキウスの側にいられないのだし……)

苦いあきらめを飲みこんで、マイカと結婚すると決めたのだ。

しかし、どういう風の吹き回しなのだろう。あんなに、クロエに結婚相手を見つけてこいと言っていたはずのルキウスの手が乱雑にマイカの手からクロエを奪った。

「結婚は認めない。嘘の仮面で申しこんだ求婚など無効だ」

マイカの笑顔を押しのけるようにしてルキウスの声が響いた瞬間、パリン、とガラスが割れた音がした。

それは覚えのある感覚だった。

モーガンの魔法で伯爵令嬢クロエに化けてルキウスの誘惑に成功したのは、まだ二日前のことだ。

記憶ははっきりしている。

ルキウスの肉槍に貫かれたとき、クロエはうかつにも『義父さま……』と呟いてしまって、そのとたん、モーガンにかけてもらった幻惑の魔法が解けてしまったのだった。

でもいま、クロエに幻惑の魔法はかかっていない。モーガンもここにはいない。

「いま……なんの魔法が……解けたの……？」

クロエの目は、目の前にいる幼馴染みの青年を見ていたはずだ。

なのに、なにかが、言葉にしがたいほどわずかな違いが、マイカの容姿を一変させていた。

「マイカ……？」

問いかけたさきで青年が自嘲めいた笑いを浮かべる。

「あーあ……せっかくクロエから俺と結婚するって『誓い』をとりつけたのに……壊れちゃった」

そう言ってのけた彼の顔は、いつもの気のいいマイカと比べると、どこかしら傲岸不遜で、気高くさえ見えて。

まるで、別人の顔に見えた。

もし、いまの彼が王宮の舞踏会に交じっていたとしたら、クロエは幼馴染みだと気づけないかもしれない。

顔立ちが変わったわけじゃない。しかし、目元の鋭さや口元の口角の上がり方、その、誰もが見落としてしまうくらいささやかななにかが、纏わりつく気配が一変していたのだ。

「モーガンの魔法か……」

低く唸《うな》るような声が背後から聞こえた。

ルキウスにはマイカにかけられた魔法の作用がはっきりとわかるのだろう。はっと気づいたときには、彼の周囲にぱちぱちと光が走っていた。

魔法で我を忘れる合図だと、一瞬早く気づいてよかった。

「ダメ……ルキウス！」

とっさにクロエがルキウスの体を抱きしめたのと、大きな雷鳴が周囲一帯に走ったのとは、ほとんど同時だった。

また、パリンとガラスが割れる音が響く。

たったいまマイカが立っていた場所が閃光《せんこう》に包まれていた。

目の奥に眩しい残像が焼きついて、ちかちかとする。何度か瞬《まばた》きをしたあとでどうにか視界をとりもどすと、瓦礫の上には焼け焦げた跡が残っていた。

さっき降り注いでいた星の雨によるものではない。

たったいまそこに激しい雷が落ちたことを示すように、まだ煙が辺り一面に燻《くすぶ》っていた。

なのに、ようやく煙が薄れたあとでよく見れば、ほんのわずか後ずさりしただけのマイカは、傷ひとつ負っていなかったのである。

クロエは目を疑ってしまった。

「……マクシミリアン・コンラート。エベルメルゲンの第七王子だな？」

今度はルキウスの手が、クロエを手元に引きよせるように抱きしめた。

まるで、そうでもしていないと、クロエがマイカにすぐに奪われてしまうと思っているかのような仕種だった。

「え？　王子……？」

マイカとルキウスの顔を見くらべて、言葉の意味を考える。

――違う……マイカはわたしの幼馴染みで、ルクスヘーレンで食事処『マロニエの隠れ家』の店員をしていて……。

その記憶に間違いはない。魔法が解けたあとも覚えている。

子どものころに星の雨が降ったところに居合わせたことや、モーガンとの待ち合わせで『マロニエの隠れ家』に行ったときのことを。

つい先日の記憶をさらってから、そういえばマイカには、なぜかモーガンの魔法が効かなかったことを思いだす。

思えば、モーガンと会うときはいつも『マロニエの隠れ家』でお茶をしていた。

居心地がいい店だし、マイカは知り合いで気兼ねがいらない。

そう思っていたけれど、クロエはいまになって初めて、『マロニエの隠れ家』でマイカとモーガンがいたことに、違う意味があったのかもしれないと疑念を抱いた。

「やはり公爵にはモーガンの魔法は通じませんか。なるべく顔を合わせるなと口うるさく言われていたのですけど、クロエと結婚するとなるとそういうわけにもいかなくてですね……これは怒られてしまうかなぁ」

クロエもそうだった。モーガンからルキウスに『義父さま』と言ってはダメとしつこく念を押されていたのに、うっかり口走ってしまったために、魔法が解けてしまったのだ。

モーガンの魔法が解けたと言うことは、マイカには魔法がかかっていたはずだ。頭ではわかっているのに、気持ちが追いつかなかった。

「マイカが……第七王子殿下……って嘘でしょう?」

茫然と呟くクロエに、マイカ――マクシミリアン王子はにこりと笑ってみせた。

いつもの人懐こい幼馴染みの顔とよく似ているのに、なにかが違う。高貴な人が腹に一物を抱えたときの笑みだった。

クロエでもその笑顔が危険だとわかったのだ。ルキウスが警戒したのは当然だろう。

周囲の空気が急に冷たくなる。

これは比喩表現ではなかった。ルキウスの周りに小さな雷と氷の粒が発生して、本当にこのあたり一帯の気温が寒くなったのだ。

「幸運の第七王子……星の雨が降るなかにあっても当たらず、私の娘に近づいても、私と滅多に顔を合わせない。普段は王都で暮らしているのに、クロエが城下に行ったときだけ、なぜかルクスヘーレンにいる……モーガンの幻惑の魔法で身分と雰囲気を変え、幸運を強化してあったな？」

「さすが！　ほぼほぼ正解です。もっとも、ヴァッサーレンブルグの魔法使いは自分の娘を溺愛していて、滅多に街にもやらないという……あなたのおかげですよ。フィーレの商人が来たとか、春の祭りとか、クロエが街に来る時期は決まりきっているでしょう？　おかげで俺は動きやすかったと言うだけなんです」

マクシミリアン王子の台詞はクロエの耳を右から左に通りぬけるだけで、うまく頭に入ってこない。まるで異国の言葉のように理解できなかった。

ちらりとクロエの顔をうかがう彼の顔には、まだ幼馴染みの面影がある。

なのに、おいしいケーキだと思って口に運んだものが、噛みしめたとたん、急に重たい砂に変わったみたいだった。

口のなかに苦いものが広がり、クロエの目の前が真っ暗になる。

「クロエは知らないかもしれないけど、貴族の結婚なんてこんなものだよ？　顔も知らない相手と結婚させられることもあるし、なんなら、よその国に人質同然で出されることもある」

自嘲めいた物言いにクロエは返す言葉がない。

実際、王族の誰かが異国に嫁いだ話を聞いたことがあったからだ。

そのときはクロエにとって結婚はまだ遠い話で、その結婚が望んでしたものかどうかを考える余裕すらなかった。

「俺がクロエのことを好きなのは本当だよ……俺は幸運だから。魔法使いの娘と結婚しろと言われて、ルクスヘーレンに来てたけど、『マロニエの隠れ家』で働くのは楽しいし、クロエと話すのも楽しい。クロエと結婚したら、しあわせになれそうだと思ってる……たとえ、嘘の姿で求婚したにしても、それは真実だよ」

「マクシミリアン王子殿下……」

今度は彼の言葉がすとんと胸に落ちてきた。

クロエが考えていたことと、ほとんど同じだったからだ。

たとえば、ギーフホルン伯爵だった本当の父親が生きてきたとして、クロエが結婚するときに、顔も知らない相手に嫁ぐということはありえたはずだ。

社交界で一度ダンスをしただけとか、お見合いをしただけの相手と結婚することは、貴族の令嬢としてごくごく当たりまえのことだという知識くらいはある。

だから、クロエはマイカの求婚を承諾したのだ。

「マイカでいいよ。仮の名前じゃなくて、親しい人だけに呼んでもらう愛称なんだ。クロエにはそう呼んでほしい」

「はい……あ、うん……」

なにか言おうとして、でも言えない理由のひとつは、マイカに嘘を吐かれていたからではない。

クロエの腰にルキウスの手が回されて、マイカをずっと警戒しているからだった。

モーガンの魔法は二回破れている。

ひとつは、マイカの姿を偽装する魔法。そして、もうひとつは、クロエがマイカの求婚に承諾したことで、一種の『誓い《ゲッシュ》』――破ってはいけない誓約を課すものだった。

多分ルキウスはクロエに対して、誓いを勝手に成立させたことを怒っているのだろう。

ルキウスは養父として、娘が結婚相手に騙されそうになっていることを警戒しているだけなのだ。

「あの、義父さま……大丈夫ですので、そろそろ離していただけませんか……」

「ダメだ」

誤解しないようにと、なるべく冷静にお願いしたのに、食い気味に拒否されてしまった。

ルキウスの手がさらに強くクロエを拘束したような気さえする。

「ちょっと、義父さ……んっ」

腰に回った手が臍周りを愛撫して、思わず鼻にかかった声が漏れた。

さらに髪に鼻を押しつけられたのがわかる。

羞恥にかぁっと血が上るよりさきに、体の奥で震えが走った。

「クロエは私のものだから、エベルメルゲンの王族になど、やらない」

ルキウスの唇がクロエの髪にちゅっと軽いキスを落とし、その唇がうなじに下りるのがわかった。

見えないはずなのに、背中から抱きしめられたルキウスの感触をよく覚えている。

たったそれだけの触れあいで、体中の熱が一気に上がった。体の芯が熱い。

勝手に抱かれたときのことを思いだして、下肢の狭間をこすりあわせたくなるくらいだ。

「マイカの前で、やめて……義父さま……」

ぞくりと背筋に震えが走るのは、先日抱かれたときのことを体が覚えているからだ。

ルキウスに触れられた場所が熱くて、そこから甘い熱がじわじわとクロエの体を侵食していくようで、痛い。痛いのに、もっと触ってほしい。

でも、クロエがマイカと結婚すると決めたのに、ルキウスに触られて官能をかきたてられているなんて、知られたくないという羞恥心は欠片ばかり残っている。

「っはぁ……義父さま、わたし……」

もう結婚するって言ったのに。

ルキウスにさよならを言ってきたはずなのに、こうやって未練がましく困ったらルキウスを呼んでしまうから、だからクロエはルキウスの側にいてはいけないと思うのに。

クロエの気持ちとは関係なく、ルキウスとマイカの間では見えない火花が散っていた。

「クロエの処女をお義父さまが奪ったことを言ってるのでしたら、俺は気にしませんよ?」

「おまえが気にしてもしなくても、クロエはやらない。『誓い』は破られた……言葉の縛りはもう通じない。私の権限で、クロエとの結婚の約束は破棄させてもらう……怪我しなかったんなら、もう消えろ。出てこい、モーガン！　どうせ、近くにいるのだろう？」

不思議なことに、ルキウスから『結婚の約束は破棄させてもらう』と言われたとたん、心がふわりと軽くなるのがわかった。

「あーあ……本当に最悪。クロエにはマイカみたいに若くてまともな人間としあわせになってほしかったのに！」

モーガンがまだ形を残していた城壁の上からふわりと魔法で降りてくる。

魔女が着る魔法のローブは、ルキウスのローブより飾り気は少ないものの、モーガンが着ているだけで艶めいて見えた。

女のクロエでさえ、モーガンの熟女めいた魅力にどきりとさせられているのに、ルキウスは誘惑される気配を微塵《みじん》も見せない。

異性として人並みに欲望があるわりに、よほどモーガンが嫌いなのだろう。不機嫌な声を放った。

「モーガン……おまえはルクスヘーレンの街に……いや、今後しばらくヴァッサーレンブルグ領内に出入り禁止だ！」

ルキウスの顔は無表情をとおりこして、不機嫌さが周囲に漏れている。

魔法使いの激しい感情は、魔力の制御を失って、雷を発生させたり、氷雨を降らせたりするから、これは危険な兆候だった。

しかし、ルキウスの言葉で気分を害したモーガンも、売られた言葉を買うつもりらしい。

「冗談じゃないわよ。私だってクロエのことをかわいがっているの。あんたなんかより、よほど真剣にクロエのしあわせを考えたんだから！」

一見、いい話を聞かされているようで、クロエとしてもうれしい。

ルキウスに大切に育てられたのとはまた別の意味で、モーガンと女同士の話ができる時間を、クロエはとても大切に思っていたからだ。

けれども、ここで魔法使いの言葉を額面どおりに信じることは、どうしても難しかった。

意外なことに、その緊迫した空気を破り、助け船めいた発言をしたのはマイカだった。

「……でも、モーガン。クロエを売ったり、破滅の魔法使いを売ったりして、がっつり儲《もう》けたんだろ？　エベルメルゲン王国の廷臣のひとりから謝礼をもらって……俺の件でも、うちの父親からたっぷり報酬が出ているはずだよね？」

クロエの複雑な心情を見透かしたように、マイカが愛嬌《あいきょう》たっぷりの笑みを浮かべる。

マイカの発言を聞いたとたん、ルキウスの周囲で、また地面が発火するほどの雷が走った。

ルキウスに抱きしめられていたクロエはともかく、モーガンとマイカが雷をよけたのは奇跡だとしか言いようがない。

「ヴァッサーレンブルグの魔法使い、モーガンの企みを教えたんだから、クロエを騙したことは相殺にしておいて」

マイカはそう言うと、クロエにひらひらと手を振った。

そして、どんな魔法の呪文を唱えたのだろう。魔女の耳元で何事かを囁くと、彼女の意思を変えさせてしまった。苦情を言う魔女を諫めるようにして、マイカとモーガンはふわりと崩れた城壁の向こうへ飛んでいってしまった。

クロエの気が楽になるように、あえて軽い素振りで手を振ってくれたのだろう。

幼馴染みの彼の、そういうささやかな気づかいがクロエは好きだった。

――さよなら、マイカ。ごめんなさい……。

もうルクスヘーレンの街に遊びに行っても、『マロニエの隠れ家』にマイカの姿はないのかと思うと、少しだけ淋しい。

モーガンと一緒にしたささやかなガールズトーク。

やさしい幼馴染みとの気の置けない会話。

『マロニエの隠れ家』で流れるゆったりとした時間がクロエは大好きだった。

ルキウスと引き替えにはできないにしても、モーガンもマイカも幼いころからずっとクロエの大切な友だちだったからだ。

後ろ髪を引かれるように、ふたりがいなくなったさきを見つめていると、ルキウスから声をかけられた。

「ザザ、クロエを背中に乗せて、さきにヴァッサーレンブルグに帰れ。私は魔獣が残ってないか、見回りをしてから帰る」

おのれの使い魔にクロエを預けたルキウスは、城壁の残骸を軽く飛び越えていってしまった。

あんなに怒って、メルセデスには伯爵領はとりつぶしだと言ったくせに、魔獣退治をしてやるつもりらしい。こういうところだけは、案外、ルキウスもお人好《ひとよ》しだと思ってしまう。

それでいて、ひとりで考える時間ができたことはよかった。

正直に言えば、今日起きたことをどう受けとめたらいいのか、気持ちの整理がついていない。

メルセデスに罵られたことをはじめ、命の危険を感じたこと、実はマイカがエベルメルゲン王国の王子様で、モーガンの魔法でクロエを騙していたこと。

そのなにもかもが一度に襲ってきて、クロエの思考をぐちゃぐちゃに乱していたけれど、きわめつけだったのは、ルキウスの発言だった。

――『クロエは私のものだから、エベルメルゲンの王族になど、やらない』

どこか甘くて、執着を感じさせる声音が、いまも耳の奥に残っている。

「あれは……どういう意味だったの……義父さま……」

自分に都合よく解釈したいという気持ちを認めるのが怖いのに、さっき触れられた感触がよみがえると、もしかしたら、と期待してしまう。

翼猫の背中に顔を埋めながら、クロエはひたすらルキウスが早く帰ってくるようにと祈るしかなかった。

第六章　バスタブでのえっちは何回まで許せますか？

ひとりになったルキウスは、壊れた城壁の上にちらほらと降りはじめた雪を見ていた。

ギーフホルン伯爵領の城壁はもともとルキウスが整備している。

だから壊したあとで修復しやすい魔法をかけてあって、魔獣討伐さえしてしまえば、あとは簡単に直せる。しかし、あえていまは基幹部分を修復するだけにとどめた。

あまりにも簡単に直すのはよくないと、ヘルベルトから事前に忠告されていたからだ。

最近のギーフホルン伯爵の横暴は目にあまると、公爵家の面々からも苦情があがっている。

もっとも、ルキウスは魔女と王子が、ただクロエとルキウスをからかうためだけに、わざわざ辺境のヴァッサーレンブルグに来ていたとは考えていなかった。

エベルメルゲン王国は、最近の国境の魔獣討伐が多い理由を調査していたのだろう。

御伽噺の言う、七番目の子は幸運に恵まれるという資質は、調査をさせるのにうってつけだからだ。

魔法を使わなくても、危険から運よく逃れ、ただ街を歩くだけで欲しい情報源と遭遇する。

マイカと名乗った青年が、その幸運の資質に恵まれていることは間違いなかった。

ルキウスが手を下さなくても、おそらくギーフホルン伯爵家は近いうちに、なんらかの処分が下されるはずだ。その処分を決めた報告書に、第七王子の署名があることに、領地で一番おいしいワインを賭けてもいいくらいだ。

ひととおり作業を終えてヴァッサーレンブルグへ帰ろうとすると、上空はすでに吹雪になっていた。

「クロエ……」

思わず、娘の名前が口を衝《つ》いて零れた。

さきに帰った娘はもう城に着いただろうか。

雪に降られはしなかっただろうか。

クロエの顔が頭を過ぎると、胸の奥に黒い澱《よど》みのような感情が湧きおこる。

引きとったときには、まだ小さくて犬猫の世話と変わりないと思っていたはずなのに、いつからこんな気持ちを抱くようになっていたのだろう。

きっかけになったのは、たびたび城を訪れていたモーガンの言葉だった。

——『やだ、変態。最低……娘に手を出す父親なんて最低。一緒に寝るなんてやめなさいよ』

クロエとルキウスが寝ているところを目の当たりにした魔女は、美しい顔を引きつらせたかと思うと、言葉を尽くしてルキウスを罵ったのだった。

彼女のそういうはっきりとものを言うところが、ルキウスは苦手だ。

モーガンの女の論理にルキウスが反論できたことはない。

それでいて、彼女の言葉は、ルキウスの心に小さな爪跡を残して、忘れようとしても簡単に忘れさせてくれなかった。

いつまでもいつまでも、ルキウスの心に消えない引っかかりを残して、ふとした瞬間に、魔女の言葉がよみがえる。

人間の親らしい振る舞いを、ルキウスは知らない。

だから、モーガンの言うとおりなのかもしれないと思ったのだ。

娘と一緒に寝るのは父親としてあるまじき振る舞いだと考え、クロエと一緒に寝るのはやめたし、寝ているところを起こされて、うかつに触れそうになるたびに、自分の行動を律した。

――『もし娘に手なんて出してごらんなさい。もう二度と口を利いてもらえないわよ?』

とまで脅されていたから、クロエとの関係を壊したくなくて、ルキウスは必死だった。

万が一にも間違ってクロエに手を出してしまったら、終わりだ。

クロエはルキウスを二度と許してくれないだろう。

クロエへの欲情を抑えるために、王宮の舞踏会で女に手を出したはずだったのに。

どこで歯車が狂ってしまったのだろう。

モーガンに騙されて、一夜の欲望を満たした相手は当の本人――養女のクロエだったなんて。

あのときの絶望をなんて言葉で表したらいいのか。

彼女を思いながら、彼女の体で欲望を満たしてしまった。

クロエに嫌われると思った。もう義理の親子でさえいられないのだと。

自分の怒りに我を忘れて、クロエの言葉さえうまく聞きとれなかったくらいだ。

――『ずっと義父さまのことが好きでした』

その言葉は『養父として』という意味ではないのか。

だから、ルキウスに幻滅したという最後通告ではないのか。

――『義父さま、わたし……結婚します。結婚の申しこみをされているんです……だから、義父さまとはもうお別れです。さようなら』

そう言ってクロエが頭を下げたときには、自分の役割は終わったのだと、少しほっとした気持ちもあった。

なのに、心をごっそりと抜きとられたように、空っぽになってしまった。

クロエを追いかけさせたザザから、魔獣が暴れているという連絡が来たのは翌日のことだった。

使い魔とルキウスの間には特殊な魔法の経路が繋がっており、召喚魔法を行使する形で瞬間移動ができる。

クロエの姿を見たとたん、ほっとしておのれの欲望が抑えられなくなった。

生きている実感を味わいたくて、貪るようにキスをしてしまって。

なのに、マイカという青年とクロエが一緒にいるところを見た瞬間、また魔女の声が頭を過ぎった。

現実を思いだしてしまった。

クロエはもう嫁いでしまったのだと理性が言えば、でも、と感情は反論する。

――クロエを誰にもわたしたくない。

心の奥底に封じこめていた感情が、青年の魔法を暴くと同時に噴き出してしまった。

エベルメルゲンの王子だから結婚を反対したわけではない。

誰が相手でも同じことをしただろう。

ルキウスはクロエに執着していて、自分こそが彼女を独占したいのだ。

自覚してしまえば、もうその感情に囚《とら》われてしまう。

だからずっと見ないふりをして、クロエの好意は養父に対する敬愛にすぎないのだからと、自分を戒めていたというのに。

「クロエにどんな顔をして会えばいいんだ……」

曇天に遠く浮かびあがる自分の城を前にして、ルキウスの心は重たく沈んでいた。

それでも、城に戻ればクロエがいるのだと思うと、やはり早く帰りたい。

飛行速度は自然と速くなり、あっというまにヴァッサーレンブルグ公爵家の巨大な屋敷と尖塔が近づいてくる。

いつも目当てにしている空中庭園の外灯の光を見つけたルキウスは高度を下げた。

すると、雪に覆われた庭園をいきおいよく走ってくる姿がある。

「義父さま！　お帰りなさい、義父さま……！　こんな雪のなか、空を飛んでくるなんて……寒くありませんでしたか？」

ルキウスが中庭に降りたったとたん、駆けよってきたクロエに抱きつかれた。足下には、すでに普通の猫の大きさに戻っていたザザがすり寄ってくる。

ひとりと一匹に捕らえられたルキウスは、その場で固まってしまった。

建物に囲まれているせいだろうか、上空を飛んでいたときの礫のような雪は、中庭に下りたとたん、静かな結晶に変わっていた。

そっと抱きしめかえせば、娘の体は小さく震えている。

その震えをどうしたら止められるのか、ルキウスにはわからない。

雪が降っているというのに、ふわりと甘い香りが漂う。

髪の匂いをかいで、涙を流す頬に口付けて、はっと我に返った。

「クロエ……あまり不用意に私に近づくな……私は魔獣と同じだ。クロエのことをいまも欲望のままに抱きたいと思ってるんだからな」

脅すつもりはなかったが、自分でも衝動を抑える自信がなかった。

クロエにもっと触れたいという欲望は制御しがたいほど凶暴で、抑えこんだと思っても体の奥で熱く滾《たぎ》り、その熱で頭の芯が痺れてしまいそうだ。

こんな自分を知ったら、絶対に嫌われる。

そう思いつつも養女に嫌われたくなくて精一杯の告白をしたつもりだった。

しかし、ぎゅっとルキウスの胸に顔を埋めたクロエの答えは、ルキウスにとって完全に予想外のものだった。

「わ……わたし、義父さまにだったら、いくら抱かれてもいい……わ、わたしも、義父さまに触りたい……から……」

一瞬、ルキウスにとって都合のいい夢を見ているか、幻聴だと思った。

寒さを魔法で制御できていると思ったのは間違いで、自分は魔獣退治で思っているより疲れているのだ。そうに違いない。

都合がよすぎて、これこそモーガンの魔法の罠ではないかとすら疑いたくなる。

でも、耳まで真っ赤に染めてしがみついてくるクロエの体は幻ではなくて、魔法の気配も感じられない。強く抱きしめかえして、髪のなかに鼻を埋めればクロエの匂いがした。

花の蜜のように甘くて、誘惑されそうになる香りだ。

なのに、冷え切った頬に唇をよせても、その匂いは強くなりこそすれ、嫌悪や当惑に変わる様子はない。

「義父さま……無事に帰ってきてくださってよかった……」

涙で頬を濡らし、鼻をすすりあげる顔は、でも混じりけのない笑みを浮かべている。

その顔を見たとたん、もう我慢の限界だった。

理性が吹き飛んだように、クロエの腰を抱きよせ、唇に唇を重ねる。

「義父さ……ンぅ……ッ⁉」

長い間、空を見て待っていたのだろう。その唇はいつになく冷たくてルキウスの熱まで奪っていくようだった。なのに、奪われても奪われても、体の芯が熱い。

自分でもまるで獣の所業だと思うのに、クロエの口腔に舌を入れ、貪るように蹂躙しているうちに、体の熱はどんどん暴走して、クロエの肌にもっと触れたいとばかりに荒ぶってしまう。

「んんっ、義父さ……ふぅ……んッ……ンぅ……ルキ……ウス……く、苦し……ッ！」

情欲に流されて、クロエの唇を塞ぎすぎたと気づいたのは、苦しそうな声をあげられたからだった。

はっと我に返り、唇を放す。なのに、ルキウスの未練がましさを示すように唾液が糸を引いて、申し訳ない気持ちとともに、クロエの唇を拭った。

「……悪い。こんなことをするつもりは……なかったのだが……」

気まずくてクロエの顔がまともに見られなかった。それでいて、抱きしめる華奢な体を離したくない。自分でも矛盾しているのはわかっていたが、魔獣退治をしたり、クロエの親戚のことで気持ちが荒ぶったあとだからなおさら、大切なクロエを抱いていたかった。

「義父さ……ううん、ルキウス。あの……」

おずおずと、迷いを帯びた指先がルキウスの頬に触れ、ちゅっと唇の端にやわらかいものが触れた。

「わ、わたし……ルキウスさえよければ……かまわないの。ルキウスのことが好きだから……あの、息苦しいのは無理だけど、ルキウスからキス、してほしいし、抱いて……ほしいです……だから、謝らないでほしい……ダメ？」

やはり真っ赤な顔して、クロエはたどたどしい告白をしてくれた。

髪のさきは凍っていて、鼻は真っ赤でとても寒そうなのに、クロエの緑の瞳にはやさしい熱がともっている。

真っ直ぐにルキウスを見つめるまなざしには、恐怖や嫌悪の色は混じってなくて、きらきらと輝いてさえいた。

「そんなのは……私のほうこそ……さきに聞くべきだった。キスをしていいか？」

「はい……はい、ルキウス。もちろん……んっ」

返事の言葉が終わるより早く、もう一度、キスで唇を塞いだ。今度は苦しくならないように、触れるだけのキスだ。

腕の上に抱きあげて顔を確認すれば、はにかんだ笑顔を向けられる。

クロエがゆっくりと睫毛を俯せて、もう一度目を閉じたから、またキスをしていい合図だと思って首を傾けたところで、辛抱強い声がわりこんできた。

「ルキウスさま！　クロエお嬢さま！　雪のなかで遊んでいないで早くなかにお入りください。風邪を引いてしまいますよ！」

声がしたほうへ目を向ければ、雪明かりしかない中庭に、ランタンを手にしたヘルベルトが駆けてくる。

気が利く家令は毛皮のコートをルキウスに手渡してくれたから、クロエの頭からかけてやった。

クロエは毛皮のさきが肌に触れてくすぐったいのだろう。恥ずかしそうに小さく笑う。

こういうささいなやりとりが妙に心を動かす。

クロエと重ねてきた日常が、いつのまにか自分にとって、かけがえがないほど大切なものになっていたのだと、この夜ほど痛感したことはなかった。

公爵家は、雪まみれになったクロエとルキウスのせいで大騒ぎで、バスタブに湯を張るまでにストーブの前でスープを飲まされたり、髪から落ちる雫《しずく》をヘルベルトに拭きとられたりと忙しい。

それでいて、優秀な家令は、ルキウスがクロエを見つめる視線だけで、すべてを察したらしい。

「どうやら、今度は養女から公爵夫人にする手続きが必要になりそうですね」

思わせぶりに微笑みながら、そんな台詞を吐いたのだった。

† † †

クロエはがくがくと震えながら、冷え切った体から濡れた下着を脱いだ。

空中庭園で長い間ルキウスを待っていたから無理もないのだが、猫足のバスタブに無理やり入れられた瞬間、まるで熱湯に入れられたように熱くて、軽く悲鳴をあげてしまったほどだ。

でもいま、ひっきりなしにクロエの唇から零れているのは、悲鳴というには甘やかな、恍惚とした嬌声だった。

「ふぁっ、あ……ッあぁ……んっ、ちょっとそれ……ンぅあ……ッ！」

自分でも、よくこんな媚びた声が出るとあきれてしまうほどの嬌態《きょうたい》をさらしていると思うのに、声が勝手に唇から漏れて、止まらない。

バスタブの端に手をかけて、お尻をルキウスの顔に向けているなんて、いったいなんでこんな状況になってしまったのだろうと、クロエ自身、まだ混乱している。

なのに、くちゅくちゅと舌先で淫唇をもてあそばれると拒めない。

快楽の波が大きくなり、体の内側を和毛《にこげ》で撫でたように、ぞわりと蹂躙されてしまう。

猫足のバスタブに入ったお湯は温かくて、冷え切った体を温めてくれたけれど、ルキウスの整った顔の前に自分の下肢をさらしているという事実のほうにこそ、頭が沸騰してしまいそうだった。

ルキウスとふたりで服を剥ぎとられて浴室に追いやられたあと、しばらくはおとなしく体を温めていただけだった。

やはり浴槽でお湯に浸《つ》かると体の芯まで温まる。

そのしみじみとした感覚に浸って、ルキウスと一緒にお風呂に入っているという事実を忘れたふりをしていたのに、結局、無駄だった。

ルキウスの手がクロエに触れ、唇が肌に触れ、そのあとはもう流されるように、ルキウスの手がクロエの腰を抱きよせるのを許してしまっていた。

背後から臀部を掴まれて、ルキウスの舌で淫唇の感じるところをねぶられると、びくんと腰が揺れて、快楽にあらがえない。

クロエの動きから感じたのを察したのだろう。触手のような舌がもったいつけた動きで濡れた淫唇から太腿の内側へと蠢いて、柔肌を吸いあげる。

「ひゃ、あっ……あぁ……ッ！」

今度は違う刺激を与えられたことに、またびくんと体が反応してしまう。

「んっ……すごい、クロエのここ……またすごい匂ってきた……びしょびしょに濡れてる……」

ちゅるっと溢れてきた蜜を吸いあげられると「あぁっ」と鼻にかかった声を抑えられない。

恥ずかしい。見られたくない。

なのに、もっともっと触れてほしい。

自分のなかの矛盾する感情にさいなまれて、はふり、と熱っぽいため息が零れる。それでいて、クロエの体の奥を早く暴いてほしいという欲望が湧きおこって、体の芯が痛いほど疼くのだった。

「義父さま……義父さ……んんっ」

うわごとのように、『義父さま』とくりかえして、違うと思った。

長年、馴染んだ呼び方を変えるのは、自分で思っていたよりも勇気と根気がいる。

「んぁっ、あっ、あっ……ルキウス……そこ、気持ち、いい……はぁっ、あぁ……ッ！」

くちゅりと粘ついた水音を立てて、立ちあがった淫芽を指先でこすられて、もう限界だった。

バスタブを掴んでいた指先に力が入らなくなって、湯船に沈みそうになる。

「クロエ……かわいい。舌だけでこんなにくたくたになっちゃって……」

水のなかに顔が沈んだか沈まないかのうちに魔法で引きよせられていた。背中からルキウスに抱きしめられ、耳元で囁かれる声にぞわりと耳朶が甘く震える。

いつも言葉数が少ないせいか、ルキウスの声を聞くのがクロエは好きだ。

ルキウスの声を聞くだけでドキドキするし、自分の名前を甘く囁いてくれるなんて、極上のご褒美だと思う。

「ルキウスの、声……もっともっと聞きたい……んあっ」

クロエはねだるように吐息混じりの声を零した。

そのおねだりを言いおわるよりさきに、抱きよせた手がそのまま胸を揉みしだいて、今度は胸の先がずきりと疼いた。

ルキウスに触れられるのがうれしくて、体のどこもかしこも敏感になっている気がする。

ふにふにと両手で胸の先を潰されて、びくん、と体が跳ねた。

ルキウスの太腿の上にくたりと座りこんでしまった。

「胸も感じる？　ねぇ、クロエ……耳まで真っ赤になってるけど、まだはじまったばかりだからな」

もっと声を聞きたいと言ったからだろうか。

こんなふうに辱めを受けるとは思わなくて、耳まで真っ赤にほてってってしまう。

その耳元で甘い声を囁かれたあとに、耳朶を甘噛みされるのはくすぐったい。

ただでさえ、バスタブのなかで体が密着してるのに、耳元でルキウスの声を聞くと、距離感がよけい近く感じて、壊れたように心臓が高鳴っていた。

「……まだ、はじまった……ばかり？　……ひゃっ……あぁんっ」

自分で望んだことなのだから、快楽に溺れるのはいい。

もっともっとと体が期待しているのもわかっている。それでいて、心臓がこれ以上持つかどうかわからない。

下肢の狭間に硬いものが当たっただけで感じてしまい、お腹の奥がきゅうと疼いた。

「あ、の……硬いの、当たって……ぁあんっ、動くと……ひゃ、あぁ……ッ！」

どういうことかと問いただしている間に、下肢の狭間に肉槍を挟まれ、こすりつけられていた。

さっきまで舌で蹂躙されていたせいか、クロエの淫唇は粘ついた液で濡れているからだろう。反り返った肉槍が動くと、ぞわぞわと快楽をかきたてられてしまう。

たまらずに甲高い嬌声が漏れた。

「嫌か？　もしクロエが嫌だったらやめるが……」

ぐちゅぐちゅと腰を動かしながら、そんなことを聞くのはずるい。ルキウスが意地悪で聞いているのではないとわかっていても、胸がつきりと痛んだ。

「イヤ、じゃない……イヤじゃないけど……ぁあっ、あっ、あっ……ンあぁんッ」

以前にも同じ性戯で快楽に達せられたことをクロエの体は覚えているのだろう。反り返った肉槍で下肢の狭間をこすりあげられて、簡単に絶頂に達してしまった。

頭のなかで星が飛び、恍惚に意識が飛ぶ。

ふぅ、と眠ってしまったあと、意識をとりもどすと、ルキウスの顔が見えた。

さっきまでとは反対に、ルキウスと抱き合うような格好で、膝の上に乗せられているのだった。

視線が絡むと、吸いよせられるようにキスをされる。

「んぅっ……ンむ、ぅ……っはぁ、ルキウ……ンンぅ……」

離れてまた角度を変えてキスをされると、頭の芯まで甘ったるい気分に浸ってしまう。

「あの……ルキウスは……わたしのこと、ずっと、いい子で分別があって、いいつけを守る清楚《せいそ》な女の子だと思ってたかもしれないけど、本当のわたしは違うの……」

濡れた指先でルキウスの頬に触れると、整った顎から雫がしたたり落ちる。

子どものころから変わらない綺麗な顔に自分から触れてみたくて、クロエは鼻先にバードキスを落とした。

指先がルキウスの首筋を辿り、鎖骨に触れ、引きこもりの魔法使いのくせに意外と発達している胸筋に触れる。

「ずっとずっと……義父さまに触れたかった。いやらしいことを義父さまとしたくて……妄想ばかりしてたの。わたし、にとっては……義父さまのこと、本当の父さまとは違うから。ルキウスと結婚する妄想ばかりしてた……」

思い切って伝えると、恥ずかしくて熱でくらくらするのに、長年の胸のつかえを下ろせたからだろう。心はすっきりとしていた。

「一度だけルキウスに抱かれたら、それで満足して、ほかの人のところへ嫁がされても平気だと思ったのに……本当に抱かれたら、義父さまが妄想より全然すごかったから、わたし……一度じゃ物足りなくなって……んひゃうっ」

それ以上、言葉が出なくなったのは、ルキウスのちょうど目の前にあった胸の先に、舌を伸ばされたせいだ。

乳頭を舌でくるりと辿られるだけで、「んんっ」と甘い声が漏れる。

「気持ちいい？　ここ……触ってほしい？」

快楽を感じさせられながら聞くルキウスの声は、まるで甘い毒のようだ。

頭の芯が痺れてしまうのに、その侵されていく感覚にずっと浸っていたい。

「気持ちいい……ルキウス、もっと……っはぁ、あぁ……そこ、ひゃ、あっ……入って……大き……ンあぁッ……！」

ルキウスの腰にまたがったまま、肉槍を穿たれて、たまらずに苦しい声が漏れた。

三回目だからか、何度か感じていたからか、挿入自体は濡れた淫唇にするりと入ってしまった。

なのに、いつになく硬く膨らんだ肉槍の存在感がきつくて、圧迫感から逃れたくて、たまらずにルキウスの首に抱きついた。

「さっき、クロエがこすりあげてくれたときに少し射精したはずなのに……悪い。クロエが……あまりにもかわいいことを言うから、また硬くなった……クロエ……愛してる。これが、人間が言う、愛してるという気持ちなんだと思う。もう俺のクロエを誰にもわたしたくない……」

体を貫かれた肉槍が苦しくて、なのに腰を揺さぶられると快楽の波が湧きおこって、苦しいのと気持ちいいのとで頭が揺さぶられて、クロエはおかしくなりそうだった。

なのに『愛してる』と言われた瞬間、嘘みたいに気持ちが浮きたって、苦しさなんて、どうでもよくなってしまった。

ぐじゅぐじゅと、水のなかで重たく動かれると、体のなかまで一緒に動いて、快楽に酔わされてしまう。

――気持ち悪いのに気持ちいい。

「……好き。わたしもルキウスのこと、ずっと好きだったから……ずっとずっとルキウスの側にいるから……」

ただ気持ちいいだけでは終われないこの気持ちが、愛なのだろうと思った。

「……愛してる。ルキウスが、わたしのこと、子ども扱いしなくなって……うれしい」

鼻と鼻をこすりあわせると、滅多に表情を変えないルキウスが小さく微笑んでいた。

水にまみれながらキスをして、キスの合間に抽送を速められて、びくんびくんと、クロエの体が痙攣したように震える。

熱っぽい体は気怠くて、体の奥に吐きだされた精が湯船のなかに白く広がるのをぼんやりと見ていた。

「クロエ……ベッドに行こうか。体を拭いてやろう」

ルキウスに抱きあげられてお湯から出ると、水の浮力を失った瞬間、なんとなく体が重い。

でも、やわらかい布で包まれて、水気をとりながら運ばれていくのは楽しくて、まるで自分が妄想していた新婚生活のようだと思ってしまった。

心なしか、ルキウスの言葉遣いもいつもよりずっと甘い気がして、それも気持ちがふわふわしてしまう一因になっている。

ルキウスがクロエの髪を拭いてくれるなんて、いつ以来だろう。

ほかほかの肌がときおり肌に触れてくるから、思わず、「ふぁっ」と、くすぐったい声を漏らしてしまった。

その声がきっかけになってしまったのだろう。

髪を梳かれて、露わにさせられたうなじに、ちゅっとキスを落とされる。

「わたし、も……ルキウスの髪を拭きたい……」

ルキウスから布を奪って、髪をかきまぜる。

乱れた白金色の髪が、整った顔に零れる姿なんて珍しくて、なんだかうれしくなってしまった。

「髪が乱れたルキウスはなんだかかわいい」

ふふふ、と声をあげて笑ったら、笑い声まで食べられそうないきおいでキスをされてしまった。

「そうやって笑ってるクロエのほうが、ずっとずっとかわいい。甘い、いい匂いがして……ずっとずっと……クロエを抱きたくて、無意識に触ってしまって……我慢するのが大変だった」

ぽすん、と音を立てて、ベッドの上に押し倒される。

腕のなかに囲いこまれながらされた告白は、クロエにとっては予想外すぎて、なのにうれしくて、顔が熱くなってしまった。

「そんなの……わたしだって触ってほしくて必死だった……いつもルキウスが塩対応だから、すごい落ちこんでいたのに……」

どうしたらルキウスを誘惑できるのだろうと頭を悩ませていたはずが、ルキウスはあえてクロエの誘惑を見ないふりしていたのだ。

どう考えても、誘惑に成功するわけがなかった。

「ルキウスの娘なんかじゃないよって合図をいつも送っていたの……でも全然効果がないまま、ルキウスが『結婚相手を見つけて城を出ろ』なんて言い出したから……わたし、モーガンにお願いしたの。どこかに嫁がされるぐらいなら、一夜ぐらいルキウスに抱かれたいって」

目を瞠るルキウスの頬に手を伸ばした。

「モーガンは……エベルメルゲン王国からお金をもらっていたんだぞ⁉　どうせ都合のいい言葉で相手を惑わせて、ついでにクロエの希望を叶えたに決まって……」

「いいの」

モーガンの名前を出すとルキウスが顔をしかめるのが面白くて、つい話に聞き入ってしまったが、また怒りに我を忘れられてしまうと厄介だ。

ルキウスの言葉を遮るように、クロエはルキウスに抱きついた。

「だって、あの一夜がなかったら、ルキウスは絶対わたしに触れてくれなかった。わたしがもう子どもじゃなくて、大人の女性になったことに、永遠に気づいてくれなかった。だからやっぱり……お金で売られたとしても、モーガンには感謝しているの」

一度、抱かれてしまえば、答えはひどく単純で、血の繋がりがないルキウスとクロエは、ただの男と女の関係だった。

義理の親子ごっこを続けるのも、いつかは別れてしまう男女の関係を続けるのも、結局は心が決めるだけ。

同じ名前の、別な令嬢になってルキウスの前に現れる——モーガンの魔法は、その後押しをしてくれただけなのだ。

ただたどしいクロエの訴えは、ルキウスの怒りを少しはやわらげたらしい。

わかったとでも言うように、ちゅっと唇を重ねられた。

唇に触れるだけのキスはやさしくて、心が満たされる。

（……でも、激しく交わりながら舌を絡めるキスも好き）

ルキウスの情欲を体に刻まれると、自分もルキウスを強く求めているのだとわかる。

「いやらしい子だって思われてもいい……でも、ルキウスと淫らなことをするの、好き……ルキウスには、そういうわたしもいるって……知ってほしい、の……」

情欲をもてあましていたのは、ルキウスだけじゃない。

——『女の側にだって性欲はあるんだから』

いつだったかモーガンはそう言っていた。

そのときはよくわからなかったし、実際に快楽の衝動が来ても、もてあまし気味だったけれど、いまはその言葉の意味がよくわかる。

「つまりそれは……夜は長いから、まだまだクロエとしてはがんばれると……そういうことか？」

クロエとしては自分の醜いところを思い切ってさらけだしたつもりだったのに、ルキウスは特に気にしてなかったらしい。

こういうところがルキウスの浮き世離れしたところで、でもそんなルキウスがクロエは大好きだ。

腰を抱きよせるようにして撫でられると、さっき味わわされた快楽が、すぐに体の奥によみがえって、言葉で返事をするよりさきに、体の反応が肯定しまった。

「んぁっ……はぁ……うん、えと、ほどほどでお願いします……」

ちらりとルキウスの下半身に目を向ければ、反り返る肉棒が少しだけ怖い。

悪戯心を起こして肉棒に触れると、びくり、とルキウスの汗ばんだ体が身じろいだ。

「……クロエ、そういうことをすると……手加減は、できないからな？」

膝を割って開かれ、脅すように肉槍の先を下肢の狭間にあてがわれる。

バスタブのなかでクロエと抱き合ってするより、抽送しやすいのだろう。急に膣内に硬いものを押しこめられて、クロエののどから苦しげなあえぎ声が漏れた。

「ひゃうんっ、あっ、あっ……待っ……ルキウ……ンぁああっ……はぁ……ッ！」

自分でも思ってみなかったくらい大きな嬌声が出て、びくびくと腰が揺れる。

初めて抱かれたときはモーガンの魔法に媚薬効果があったから、体が鋭敏に反応することも、鼻にかかった声がとっさに出ることも、大して気にならなかった。

結婚を嫌がってほかの男に抱かれることを選ぶような娘を演じていたのだ。

性戯に対して大げさな反応するぐらいでちょうどいいと思っていたのに、素の自分のままで声をあげるのは、やっぱり少しだけ恥ずかしい。

ぐぐっ、と膝裏を持ちあげるようにして足をさらに開かされ、奥を突かれると、びくん、と体が跳ねた。

クロエが感じたことはわかっているだろうに、太腿を愛撫して、ルキウスは意地悪な問いかけをする。

「いまのは気持ちいい？　それとも、奥を突かれるより肌に抱かれた痕をつけるほうがお好みかな？」

ちゅっ、と太腿のやわらかい肌を吸いあげるのは器用だ。

鋭い痛みに、びくん、と体が震える。

「んっ、あっ……動きながら、聞かないで……ひゃ、あぁっ、ンぁあんっ……」

くすくすと笑いながら動くルキウスに対して、クロエはまったく余裕がない。

「もう、イきた……い……ルキウス……っはぁ、待てない……ンぁあ……ひゃ、あっ！」

あられもない声をあげて、シーツをぎゅっと握りしめているだけ。

「真っ赤になったクロエは……食べてくれと言わんばかりに、かわいい。甘い甘い……蜜みたいに、私を誘っている花のようだ……」

ルキウスが無理やりな姿勢で、唇にキスをする。

自分ではよくわからない。

ルキウスを誘いたいと思っていても、うまくいっているかわからない。

でも、汗ばんだ肌と肌が触れているのは紛れもない事実で、その生々しい触れあいだけが、クロエの憧れが現実のものになったと感じさせてくれるのだった。

「どの体勢で抱いたら一番クロエがかわいい顔をするか、確かめてみようか……」

ぎちぎちとルキウスの動きが速くなるたびに、ベッドが軋んだ音を立てる。

ぞわり、と背筋に大きな波が走ったのと、体がふわりと浮きあがるように感じたのとはどちらがさきだったのだろう。

押しこまれた肉槍から、精を出されたのを感じた瞬間、恍惚として意識が吹き飛んでしまった。

——せっかくバスタブで体を綺麗にしたのにな……。

また汗を掻いてしまったし、自分の淫蜜やら吐きだされた精やらが入り交じった匂いが鼻につく。

でも、あたたかい布団を引きあげながら、ルキウスが抱きしめてくれるのは気持ちいい。

「……ん……ルキウスは寒くない？　体あたたまった？」

お互いに横たわったまま顔を近づける。

こういうたわいのない瞬間に、手を伸ばせば触れられるところにいてくれるというのは、とてもしあわせだなぁと思ってしまう。

なのに、もう一度、ルキウスがクロエを抱きよせて、ふにふにと臀部を愛撫しだしたのは嫌な予感しかしなかった。

「ルキウス……待って……あぁんっ、ひゃ……あぁっ」

胸の膨らみに唇で触れられ、吸いあげた痕をつけられると、手で触れられるのとは別の感覚が呼び覚まされる。

初めて抱かれたときに、体に痕をつけてほしいとお願いしたから、そのときのことを思いだすのだろう。

ぞわりと体の芯が熱を帯びて、胸の先が自然と硬く起ちあがった。

「ほら、感じてるから……こんなふうになるのだろう？」

わざとらしく指で乳首のくびれをきゅっ、と抓まれると、それだけで背筋に甘い震えが走った。びくびくと、体が跳ねてしまう。

「あぁんっ、ダメ……今日は義父さまだって疲れてるはずだし……それにわたし、壊れちゃう……ふぁっ、あぁ……ッ」

いやいやとむずかる子どものように首を振ると、拒絶は許さないとばかりにまた胸の先をきゅう、と抓まれた。

硬く起ちあがった赤い蕾は、それだけで激しい快楽を引きおこす。

たちまち嬌声が一段と激しくなった。

「もう『義父さま』はやめたんじゃなかったのか？」

ため息を吐くときのような低い声を囁かれて、その吐息が胸の先にかかるのにさえ、びくびくと感じてしまっていた。

「やめた、けど……だって……」

とっさに出てしまった『義父さま』という言葉を咎《とが》めるように、足で足を絡めて誘われる。

そんな脅しはずるい。

魔獣退治をしたあと、吹雪のなかを飛んできたあとなのに、その疲れをちっとも感じさせないぐらい元気なのは、どういうことなのだろう。

「クロエが抱いていいって言うから、疲れが吹き飛んだ。魔法で強化してるから、一晩くらい徹夜して抱いても全然平気だ」

まるでクロエの心を読んだかのように、とんでもないことを言ったルキウスは、クロエの臍の近くにまた赤紫の痕を残す。

以前にクロエが抱かれた印をつけてほしいと言ったからだろうか。

体のあちこちに痕を残されるのは、困るけれど、ひっそりとうれしい。

本当にルキウスに抱かれたことが実感できて、頬が勝手にゆるんでしまう。

「う……て、徹夜は嫌。わたしが無理……だって、もう……ルキウスと関係を持つのは今夜一回だけじゃないでしょう？　明日も明後日もしたいから、一回で燃え尽きるような抱かれ方はしたくない」

初めはただ一度きりの関係でいいと思っていたはずなのに、自分は案外、欲深いのだと気づいてしまった。

「ただ一夜かぎりじゃなくて……明日も明後日も、一年後も十年後のルキウスも欲しい」

指を絡めて握ると、ルキウスはどこか茫然とした顔をしているように見えた。

「クロエ……」

「でも、ね……えと、どうしてもルキウスがしたいんだったら、もう一回だけしてもいいよ？」

照れながら告げると、返事よりさきにルキウスの手がクロエの肩を掴んだ。

体を引きよせられて抱きしめられたけれど、今度はさきほどの情欲をかきたてるような抱かれ方じゃなかった。

クロエもたどたどしい仕種でルキウスの体を抱きしめる。

「私と結婚してくれるか？　私は人の心があまりわからないから、本当に嫌だったら嫌だと言ってくれ……」

「い、嫌じゃない！　うれしい……だって、わたし、ルキウスのお嫁さんになるのが小さいころからの夢だったの」

頬を染めて微笑んだら、ルキウスの顔も仄明《ほのあ》かりのなかで紅く染まっていた。

そんな顔を見るのは初めてで、照れくさいルキウスの顔も整っていてずるいなんてことを考えていたら、唇を塞がれてしまった。

「ん……ルキウス……」

ベッドのなかの、すぐ手が届くところにいる魔法使いが近寄りがたくて、でもいとおしくて、クロエはルキウスの体をぎゅっと抱きしめた。

白金色の色素の薄い髪と氷色の瞳は、初めて見たときの、魔法使いの城の尖塔を思わせる。人を寄せつけなくて、体だけ繋いでも心があるかどうかわからなくて、人々を睥睨する怖ろしい塔なのに、いまにも崩れ落ちそうにも見えた。でもいまは――。

「ルキウスのことが好きだから、塔はもう怖くないよ……わたしが、ルキウスを抱きしめるから」

もし尖塔が崩れてきたら、クロエが一緒に落ちてもいい。

そんなことを思いながら髪に触れると、ルキウスは少し困った顔をして、クロエの髪の端を手にとって口付けた。

「本当の親子だったら娘に欲情したりしないのだろうが……あいにく魔法使いになって長いものだか

ら、人間らしい感情がわからなくて……クロエが欲しくて、自暴自棄になってた。だから、おまえを早く嫁に出してしまおうと思ったのに……そんなことを言われたら、もう手放せないからな……後悔しても遅い……」

――後悔なんて絶対にしない。

クロエがそう返事するよりさきに、今度は舌を絡めながらのキスをされたのだった。

エピローグ　塩対応だった冷酷な魔法使いがこんなにデレて困っています

両親を失った可哀想《かわいそう》な女の子は、悪い魔法使いのお城に囚われていましたが、大きくなったら、魔法使いのお嫁さんになりました。
めでたしめでたし――……

「……なんって、つまらない結末」

瀟洒な寝椅子に寝転んでいたモーガンは、吐き捨てるように悪態を吐いて、届いたばかりの招待状を床に放りなげた。

「おい、モーガン……封筒くらい開けたらどうなんだ?」

同じ寝椅子の端に長い足を組んで座っていたマイカは、はっと顔を上げて、読んでいた本に栞《しおり》を挟んで閉じる。

白い封筒には公爵家の立派な封蠟が施されており、上質な紙と封蠟の重さのせいだろう。ごと、という重たい音を立てて、絨毯に突き刺さるように落ちた。

注意したものの、魔女のこういうお行儀の悪さには、マイカはもうすっかり慣れていた。

やれやれと思いながら、その招待状を拾って封蠟を割る。

公爵家の威信にふさわしい招待状には、流麗な金文字で、ヴァッサーレンブルグ公爵が結婚する旨と式の日どりが書かれていた。

冬の間に招待状を送り、雪解けをすぎた春に結婚式とは忙しいことだ。

エベルメルゲン王国の宮殿にも招待状を届けさせているとしたら、いまごろエベルメルゲン国王とその廷臣たちはパニックに陥っているだろう。国境に近いヴァッサーレンブルグまで国王が移動するか、誰か代理を立てるかで大騒ぎしているはずだ。

そんなときに、宮廷に居合わせない自分はなんて幸運だろうと、マイカはつくづくと思う。

モーガンとは違い、最後まで丁寧に目をとおしたマイカは、小さく笑い声をたてる。

『無理にとは言いませんが、できればモーガンにも参加してほしいです。どうかお願いします』

控えめに書かれていたクロエからの追伸がおかしかったからだ。

丁寧できまじめな文字が彼女らしい。

クロエなりにモーガンとルキウスの仲の悪さを気にして一言を添えたのだろう。幼馴染みの性格から、クロエが頭を悩ませながら文面を考える様子が、マイカには手にとるようにわかった。

「……だってさ、返事はどうする、モーガン？」

マイカはクロエの口調を真似《まね》して読みあげてやり、モーガンの機嫌をうかがう。

しかし、魔女はふて腐れたまま、指ひとつ動かさない。

どうやら、ルキウスとクロエが結婚するというのは、よほどお気に召さない結末だったらしい。

クロエの要望を聞いてルキウスとの一夜をお膳立てしてやったとき、エベルメルゲン王国からもお金をもらっていた事実をクロエにばらされたのが、ショックだったのだろう。

あれ以来、クロエに合わせる顔がないと言って、静かに落ちこんでいる。

自分でやっておきながら落ちこんでいるんだから、魔女というのは変わった生き物だと思う。

そんな災厄の魔法使いモーガンの愚痴につきあっているのは、マイカという通称でルクスヘーレンと王都を行き来していたエベルメルゲン王国の第七王子。

幸運のマクシミリアン・コンラートだった。

エベルメルゲン王国には七人の王子と八人の王女がいて、王さまはその行き先にいつも頭を悩ませていた。

後継ぎ以外の王子と王女を養うのは大変だからだ。

ひとりを国外に婿入りさせ、ひとりは裕福な公爵家に嫁に出しと、ひとりずつ片づけていたところで、マイカに下った命令は、ヴァッサーレンブルグ公爵の娘と結婚することだった。

災厄の魔法使いをエベルメルゲン王国につなぎとめるために、破滅の魔法使いが溺愛しているという娘を王族にとりこもうと考えたのだ。

娘と年の近い王子を子どものころから近づけて、それとなく仲よくなるようにという命令は、一見、王子の人格をまるで無視しているようだが、エベルメルゲン王国にとっては王子の人格を尊重するより重要な国家戦略だった。

そもそも、王族というのは、たいていの場合、政略結婚の道具にさせられる。

エベルメルゲン王国より立場の強い国の王女に婿入りさせられた兄を思えば、クロエとの結婚はくじの大当たりを引いたようなものだった。

不遇な子ども時代を送ったせいなのだろう。クロエは他人に対して驕《おご》った態度をとらないし、気立てもいい。

無理やり作られた幼馴染みだったとしても、マイカはごく自然にクロエに好印象を抱いていた。

――クロエとなら、結婚してもいいいな。

そんなふうに考えていた。

冷え切った関係の妻と政略結婚を続ける兄たちを見て育ったマイカからしてみれば、クロエと結婚できるなら、それはとても幸運なことなのだろうと思っていたのだ。

だから、クロエに結婚話が持ちあがったと聞けば、王族の権力を駆使して排除してきたし、クロエから好感を持たれるように慎重に振る舞ってきたつもりだ。

もっとも、ライバルに関しては、たいていの場合、マイカが手を下すまでもなかった。

ヴァッサーレンブルグの魔法使いは、自分の娘を溺愛していて、一定年齢になるまでは、誰も彼女に近づけさせなかったからだ。

むしろ、マイカとしては、破滅の魔法使いと顔を合わせないようにして、自分も排除されないようにというほうにこそ、神経を使っていたつもりだ。

モーガンの魔法で変装していたとはいえ、クロエと顔を合わせながらも公爵に企みを知られずに長年過ごしてきたのは、まさしく幸運としか、言いようがなかった。

ほかの王子はみな、ことごとく失敗したからだ。

それが結局、長年の努力が泡となって消えてしまい、マイカにとっても残念な気持ちがあるにしても、目の前でモーガンが荒ぶっているせいで、愚痴を零す余裕がないのだった。

「ルキウスなんて四百才越えのおじいちゃんじゃないの……マイカのほうが若くてぴちぴちで性格もいいのに、なんであんな性格の悪い男をクロエは選んだのかしら……信じられない！」

自分の年を棚に上げて酷い言いぐさだ、とは心のなかだけで呟いておく。

以前、モーガンにうかつに年齢を聞いて刃物を投げられて以来――当然のように、幸運にもその刃物はマイカに当たらなかったのだが――マイカは災厄の魔法使いたちの実年齢と、それに比して、精神年齢が意外と幼いことには、もう二度と触れまいと固く誓っていたからだ。

「でも、ヴァッサーレンブルグの魔法使いを騙して、エベルメルゲンの廷臣からも金をもらったんだから、モーガンとしては儲かったんだろう？」

元伯爵令嬢で現公爵令嬢のクロエを、ルキウスのもとに送りこんで体の関係を持たせる――その手伝いで報酬を得て、その上、マイカをクロエと接触させたことでも報酬を得ている。

魔女というのは案外、商魂たくましい。

「別にちゃんと言われたとおりのことはしたもの！　報酬をもらって、なにが悪いのよ」

ここで開き直れるのがモーガンのすごさだ。見習いたいとさえ、マイカは思っている。

実際、確かに彼女の言うとおりではある一方で、本人としても幾ばくかの罪悪感があるのだろう。

マイカが追及すると、少し不機嫌な顔を見せる。

ルキウスと比べると、こういうところが、モーガンは表情豊かで人間くさい。魔法が使えると言っても、街中に暮らす人とどこが違うのか、見た目だけでは区別がつけられないくらいだ。

「災厄級の魔法使いは……魔法大戦のころから生きているって言うけど、クロエがいなくなったあとも破滅の魔法使いはひとりで生きていくのかな？」

マイカは思わず呟いた。

寿命が違う相手を想《おも》うのは、ときにはとてもつらい。

それを思った瞬間だけは、クロエは自分のことを選んでくれればよかったのにと考えてしまう。

「そうねぇ……子どもでもできれば違うと思うけど……魔法使いは子どもができにくいからね。自分の寿命の半分でもあげれば、一緒に長く生きられるんじゃない？」

「え、そうなの⁉」

マイカとしては、かなり踏みこんだ危険な質問をしたと思ったのに、モーガンの答えは気楽なものだった。

クロエがマイカよりも長く生きるとしても、あの少女がしあわせになってくれたらいいな、と郊外の屋敷でひっそりと祈ってみるのだった。

——一連の騒動のあとのこと。

クロエの親戚であるギーフホルン伯爵とその娘は、魔獣の縄張りまで領地を広げ、魔獣の襲撃を誘発した罪を問われた。

ヴァッサーレンブルグの近くの話だったから、マイカに調査依頼が来て、とばっちりではあった。

先代までのギーフホルン伯爵が国境に近い領地を、代々よく治めていたせいで、悪行になかなか目をつけられなかったのが災いしたらしい。

国境を危険にさらしたことに、国王は激怒。

クロエの叔父とメルセデスは領地を追放され、財産は没収された。

ただし、もともとギーフホルン伯爵令嬢だったクロエのことを配慮して、伯爵家のとりつぶしは免れることになった。

伯爵領はしばらくの間、マイカが預かることになっている。

マイカには、引き続き、クロエやルキウスと顔を繋いで、王家の便宜を図るようにという命令が下っていた。

——また面倒なことになった。

そう思いながらも、王都に帰る気にはなれないでいた。

長年、クロエの叔父に無茶《むちゃ》な領地運営をされていたにしては、ギーフホルン伯爵領はあまり荒廃していないし、親しみ慣れたヴァッサーレンブルグとも近い。

城壁は破滅の魔法使いが修復してくれたし、鄙《ひな》びた田舎には、それなりのよさがある。

なにより、王都と違って面倒な貴族との交流をしないのがいい。

「ひとまず、俺はせっかくもらった招待にあずかることにしようかな」

招待状を机の端に置き、にっこりと笑ったマイカは、のんびりとした仕種で王子専用の便箋を用意すると、どんな返事をしたためようかと、羽根ペンに手を伸ばしたのだった。

† † †

冬の間、なにもかも雪に閉ざされてしまった豪雪地から、魔法使いの城への使者が届きはじめると、それは春のはじまりだった。

雪を川に落として道を作り、近い村々から交流が再開する。

再会の春はお互いの家族のニュースを伝えあう楽しい時間だったが、この年は特別なニュースが飛び交っていた。

──『ヴァッサーレンブルグの破滅の魔法使いが結婚するらしい』

──『花嫁は、養女として引きとっていたギーフホルン伯爵家の令嬢だとか』

その噂は、はじめは、退屈しのぎに誰かが持ちだした法螺《ほら》話だと受けとめられていた。

なにせ、公爵領に住んでいても、ヴァッサーレンブルグ公爵を実際に見たことのあるものは少ない。子どものころのクロエと同じように、ねじれた角を持ち、魔獣のごとき姿をしていると信じている人もいまだに少なくなかった。

クロエの叔父のように昔ながらの取り決めを知っている人たちは、クロエのことを本当に生け贄だと思っていたし、悲劇の花嫁だと憐れむ人もいたくらいだ。


——一方、悲劇の花嫁本人は、ドレスの裾をからげながら公爵家の廊下を走っている。

「ルキウス！　ルキウスはこちらにいますか？」

ドレスの裾を掴んだまま、執務室をのぞきこんだクロエは、そこに黒いフロックコートを着た家令の姿を見つけて、気まずそうに愛想笑いをした。

「おはよう、ヘルベルト。ルキウスは下りてきてない？　マイカから招待状の返事がきたの」

早口に用件を口にするのは、このうれしいニュースを早く誰かに伝えたいからだ。

ルキウスがいないのは見ただけでわかったが、ヘルベルトにも伝える必要があるから、ちょうどよかった。

結婚式の準備で、目が回る忙しさなのだろう。いつになく疲れた顔をしたヘルベルトは、はぁっとわざとらしいため息を吐いた。

これは説教モードの合図だ。

貴族の子女にふさわしい礼儀作法をクロエに教えたのは、主にヘルベルトだ。

ときには彼はルキウスなんかより手強《てごわ》い教師になる。

特に最近は、クロエが公爵夫人になると決まった瞬間から、また彼の使命感に火がついたらしい。

日常生活のなかでも、クロエがちょっと貴族的ではない振る舞いをするだけで、厳しい叱責が飛んでくるのだった。

「クロエお嬢さま、危ないですから、廊下はなるべく走りませんように。スカートの裾もあまり大きく抓みあげるのは品がありません」

ごほん、と咳払《せきばら》いをひとつして、家令のヘルベルトが重々しい顔つきで注意する。

このところの彼はいつもそんな調子で、まるで小舅《こじゅうと》のようだった。

二言目には『公爵夫人はそんな振る舞いはしません』などと言って、クロエの礼儀作法に厳しい。

いまはまだ穏便な物言いだったが、彼がもっと言いたいと思っているのは、顔つきからよくわかった。

しかし、クロエがルキウスと結婚すると決まって、一番よろこんでいたのはヘルベルトだろう。

ときどき、思わせぶりにクロエがルキウスと結婚してくれたらいいのに、などと援護してくれていたくらいだ。

お小言でさえ、お祝いの言葉の延長のようなものだとわかっているから、クロエはおとなしく礼儀に適ったお辞儀をして、お小言を受け入れた。

「今後は公爵夫人になられるのですから、ほかの人の手本になるように、軽々しい振る舞いはもっと控えていただけますようにとお願いしたではありませんか」

「はい、ヘルベルト。気をつけます……でもどうしても、ルキウスに早く伝えたくて……ザザ？　ザザは中庭かしら？　塔の上に使いに行ってくれないかしら？」

必要最低限の礼儀を守りながらも、今日のクロエはいつになく、気がそぞろだった。

お小言を早く切り上げてルキウスを探しに行きたいと思っているのは、傍目にも伝わっているのだろう。

はーっとまた、ヘルベルトが深いため息を吐いた。

そこにざーっと風が吹いて、ローブの裾をはためかせたルキウスが、ふわりと飛びながら現れた。

魔法で飛行してきただけでもお行儀悪いことこの上ないが、あいかわらず、起き抜けの格好は酷い。

一瞬、ヘルベルトが絶句したのがわかった。

リボンを結んだまま寝てしまったのだろう。

髪はぼさぼさだし、ケープ付きのローブは皺だらけだ。

薬臭さと煙が入り交じった悪臭を漂わせてさえいる。

でも、クロエはその変な匂いがするルキウスが好きだ。躊躇なく彼に近づくと、

「おはようございます、ルキウス。結婚式の招待状の返事がいっぱい届いているんですよ。ほら、これ。モーガンとマイカからです」

にこにこと満面の笑みを浮かべて、二通の封書を自慢げにルキウスに見せた。

すると、朝から寝ぼけているのだろうか。ルキウスは近づいてきたクロエの腰を抱きよせて、ちゅっと唇に軽いキスをした。

「おはよう……クロエ」

背の高い腕に囲まれて、クロエの頬は朝から真っ赤に染まってしまう。

(ルキウスったら、もう……あいかわらず、マイペースで人の話を聞いていないんだから……！)

あんなに塩対応だったのが嘘のように、最近のルキウスは恋愛モード全開だ。

下手をするとクロエよりいちゃいちゃしたがるものだから、ときどき困ってしまう。

こんな突然な溺愛モードなんて聞いていない。

端整な顔を近づけられると、朝の献立も締め切りの差し迫った作業もなにもかも吹き飛んで、頭のなかが真っ白になってしまう。

それでいて、ぽーっとなってしまったクロエより、ルキウスは意外と冷静なのだ。

「モーガンとマイカなんて……別に来なくていいのに」

絶対零度の声で言われて、ぴきり、とその場の空気が冷たくなる。

怒っていると言うより、拗《す》ねているのはわかっていた。

こういうところがずるい。本気で叱ることができなくて、クロエはルキウスにぎゅっと抱きしめられるままになっていた。

主に忠実なヘルベルトは、

「モーガンさまはともかく、マクシミリアンさまはエベルメルゲン王国の王族ですから、招待した以上、お断りすることはできません……ルキウスさま」

頭を下げてそんなことを言いながら、風呂の用意をさせたのだろう。侍女に合図して、ルキウスの皺だらけのローブを脱がせはじめた。

主従そろって渋面を隠さないとは、モーガンはどれだけ嫌われているのだろう。

ふたりの顔を見くらべるうちに、クロエは妙におかしくなって、くすくすと笑いだしてしまった。

「そんなこと言われたら、逆にモーガンはりきって結婚式に来てくれるかもしれないわね」

クロエの発言にルキウスがなおさら顔をしかめたのは言うまでもない。

そんなふうに、魔法使いの城では、いつもの年よりも慌ただしい春の訪れを迎えた。


——その日、魔法使いの城はいつになく華やかな空気に包まれていた。

花が咲くそばから城に集められていたから、怖ろしいと評判だった魔法使いの城は、城門から中庭まで花で埋め尽くされている。

千人を超える使用人たちはできるかぎり身ぎれいにして、お祝いの飾り付けに奔走していた。

百年以上放置されていた尖塔の鐘が、カラーンカラーンと大きな音を立てて谷間中に鳴り響き、城下のルクスヘーレンはおろか、遠くの村々にまで、この晴れやかな祝祭を伝えていた。

「すごい花の数ねぇ……ドライフラワーにできるのはあとで持ち帰っていいって」

「花だけじゃなく、パレードをして、お祝いのお菓子も街に配るんだって？」

「あの、人嫌いの公爵殿下がそんなことをなさるなんて！」

驚きの声は、それでも少し弾んでいる。

春の訪れはもちろんうれしいが、魔法使いの城がこんなに晴れやかな空気に満たされたのは初めてだ。自然と飾りを壁にとりつけ、床に緋毛氈《ひもうせん》を敷く人々の顔はみんな笑顔になっている。

公爵屋敷の上階では、そんな使用人たちに交じって、クロエがまたもドレスの裾をたくしあげながら、廊下を走っていた。

「クロエお嬢さま、廊下は走らないでくださいって何度申し上げたら、わかるんですか！」

すかさず、ヘルベルトからの叱責が飛んできたが、クロエは気にしない。

「明日から気をつけます……ルキウス！」

目当ての姿を見つけて抱きつこうとして、ドレスの裾を踏んでしまった。

よろけたところをルキウスの手に抱きとめられて、どきりとする。

「どうですか、ルキウス。この花嫁衣装は」

このあたりではお祭りのときに着るような民族衣装で結婚式を挙げるから、花嫁衣装は刺繍飾りのついた赤黒のチュニックと白いレースをふんだんに使ったドレスだ。

ドレープたっぷりの真っ白なスカートを見せびらかすように広げてみせたのは、転んでしまった照れかくしも兼ねていた。

「うん、いい。よく似合っている……クロエ。とても綺麗だ」

ルキウスが言葉少なにまた口付けてくる。

今日のルキウスはいつになく甘い。一度、唇同士が触れあったあとで、離れて、また名残惜しそうに唇を重ねて、強く腰を抱きよせられる。

「ん……んぅ……ッ」

せっかく綺麗に塗ってもらったばかりなのに、口紅がとれてしまう。

その思って抵抗したのはわずかな間で、ルキウスの舌が紅い唇を割って進入し、深いキスになるのをクロエは許してしまっていた。

そこに、嫌悪感を露わにした声が響く。

「さいっあく……本当にこの男、最悪……」

はっと我に返ってルキウスから離れるとそこには、いつになく貴婦人めいた服装をしたモーガンと盛装をしたマイカが立っていた。

モーガンの顔を見たとたん、にこやかだったルキウスの表情が凍りついた。

「おまえなんてお呼びでないから、文句があるならいますぐ帰れ」

「なによ。クロエから招待状をもらったんだから、あんたに追い返される謂われはないわ」

顔を合わせれば、舌戦を繰り広げるふたりは、ある意味ではとても気が合っているのかもしれないとクロエは思う。

「モーガン、ありがとう……来てくれてうれしいわ」

クロエの親戚は誰ひとりいないから、モーガンにはクロエの親代わりを、マイカにはクロエ側の友だちとして挨拶してほしいとお願いしてあったのだ。

ふたりとの関係は虚構からはじまったかもしれないが、その間には、確かに友情があった。

クロエがそう信じるかぎり、その感情は失われない。

それは、叔父やメルセデスが気まぐれにクロエを虐げたのとは、全然別なものだったし、少なからずクロエは、モーガンとマイカの存在に助けられていたからだ。

結婚式は急造だったにもかかわらず盛大なものだった。

いくら公爵家が広いと言っても、途中の九十九折りの道を考えると、列席者は絞りこまないと行けなかったので、王侯貴族は必要最低限しかいない。

かわりにいつもクロエを見守ってくれた公爵家の使用人にも、できるかぎり式に出てもらったから、つい形式張ったやりとりを忘れてしまう。

——子どものころには、怖くて仕方なかった侍女のお仕着せも、もう怖くない。

遠路はるばるやってきたエベルメルゲン国王は、使用人がクロエと親しく接しているのを見て、ときどき不快そうに鼻の頭に皺をよせていた。

ルキウスの盛装は、縁飾りがついた豪奢なローブといういつもの魔法使いの盛装だ。

見慣れた姿だが、何回見ても見飽きると言うことはない。白金色の髪をきちんと梳いた姿はいつになく凛々しくて、横目で盗み見るたびにクロエはドキドキしていた。

「おいで、クロエ。私は神を信じてはいないが……誓いは立てたい。おまえをしあわせにしてやりたいから……」

そう言って手を差しだすルキウスは、最近少しだけ雰囲気がやわらかくなったと思う。

あいかわらず無表情に近いけれど、ずっと観察してしたクロエにはわかる。

ルキウスは以前よりずっと、表情が豊かになった。

いまも、クロエの髪を撫でて、小さく微笑んでいる。

「ルキウス……はい。お願いします」

照れくさそうな表情を浮かべて、クロエにすばやくキスしてくれるルキウスが好きだ。

ルキウスとふたりで中庭に出れば、クロエと親しい上級使用人が並んでいた。

モーガンとマイカはクロエ側の立会人役、ヘルベルトはルキウス側の立会人役だ。

祭壇に近い場所でさきに待っていてくれる。

春を告げる満開の花束を抱えて歩いていくと、みんなの前で誓いの言葉を告げられた。

「私、ルキウス・メルディン・フォン・ヴァッサーレンブルグは、クロエを愛することを誓います。たとえ蒼天墜《そうてん》ちる日が来ても、世界が終わる日が来ても、この誓いは永遠不変です」

かつて世界を一度滅亡させた魔法使いから言われると、世界が終わる日というのがやけに現実味を

帯びていて妙におかしい。

クロエは声をたてて嗤ってしまった。

「わたし、クロエ・アマーリエ・フォン・ヴァッサーレンブルグもルキウスを愛することを誓います。たとえ蒼天墜ちる日が来ても、世界が終わる日が来ても、ずっと一緒にいます」

ザザが青い空を過ぎって、祝福のライスシャワーを降らせてくれた。

天を突き刺す魔法使いの城の尖塔は、この晴れの日にまるで笑うように輝いて見えた。

こうして、誓いの口付けを交わした瞬間、魔法使いの娘は、魔法使いの花嫁になったのでした。

あとがき

「こほんこほん……みなさま、お元気でいらっしゃいますか？

わたしは魔法使いの娘クロエ・アマーリエ・フォン・ヴァッサーレンブルグ。

一応、公爵令嬢です。断崖絶壁の上に聳えたつ魔法使いの城に住んでます。

ヴァッサーレンブルグの領都ルクスへーレンにお越しの際には、ぜひ上空をご覧ください。

高い尖塔と華麗な屋敷から連なる魔法使いの城は、この地方一の観光地でございます。

そして今回ご紹介するのは、ああ、なんということでしょう……

うちの義父さまの格好よさ、怖さ、親バカなのに塩対応！

災厄の魔法使いとしてのすごさも、あますところなく本にしたこの一冊！

いまなら幸運値が上がるモーガンの魔法付きです！

この本をお手にとっていただいた方には、感謝の念に堪えません。

まだ悩んでおられる方は、ぜひぜひお買い求めいただき、お手元に置いてやってくださいませ。

切なさときゅんきゅんするロマンスに溢れた物語……損はさせません！」

「……などと、うちのかわいい娘が言うので」

「そりゃ、娘を抱っこしながら塩対応ってなんだよ……ってツッコミが大陸魔法連盟から来るぞ、ルキウス……」

城の中庭で仲よし親子を前にすると、どうしても醒めた気分になるのはルキウスの使い魔、翼猫のザザだった。

もし、魔女がその様子を見ていたら、呪いの悪口雑言を百は並べたてたことだろう。

ルキウスは娘の長い黒髪をいとおしそうにもてあそびながら、それでも、真剣な顔で言う。

「うちの娘は世界一かわいいのだから、世界一しあわせになれるところに嫁入りさせるのが義理の父親としての義務だ」

「あ、義父さま、そういうのは結構です」

しあわせそうだった空気が一瞬にして凍りつく。

クロエがルキウスの手を振り払い、怒りにまかせた早足で中庭を去っていくのを、ルキウスは茫然と見守っていた。

「あーあ……だから、言わんこっちゃない……」

ザザは、肉球のついたもふもふとした手で頭を抱え、猫にしては人間くさいため息を吐いたのだった——。

この本をお手にとっていただき、どうもありがとうございました。

藍杜 雫〔https://aimoriya.com/〕

ガブリエラブックスをお買い上げいただきありがとうございます。
藍杜 雫先生・天路ゆうつづ先生へのファンレターはこちらへお送りください。

〒110-0016 東京都台東区台東4-27-5 (株)メディアソフト
ガブリエラブックス編集部気付 藍杜 雫先生／天路ゆうつづ先生 宛

gabriella books

MGB-076

うちの義父様は世界を破滅させた冷酷な魔法使いですが、恋愛のガードが固いです！

2023年1月15日 第1刷発行

著 者 藍杜《あいもり》 雫《しずく》

装 画 天路《あまじ》ゆうつづ

発行人 日向晶

発 行 株式会社メディアソフト
〒110-0016
東京都台東区台東4-27-5
TEL：03-5688-7559 FAX：03-5688-3512
http://www.media-soft.biz/

発 売 株式会社三交社
〒110-0015
東京都台東区東上野1-7-15
ヒューリック東上野一丁目ビル3階
TEL：03-5826-4424 FAX：03-5826-4425
http://www.sanko-sha.com/

印 刷 中央精版印刷株式会社

フォーマットデザイン 小石川ふに(deconeco)

装 丁 吉野知栄(CoCo.Design)

ISBN 978-4-8155-4100-2